警界传奇

1949—2019

我爱北京天安门

WO AI
BEIJING TIANANMEN

胡金岚　著

金城出版社
GOLD WALL PRESS
·北京·

图书在版编目（CIP）数据

我爱北京天安门 / 胡金岚著. —北京：金城出版社，2019.6
ISBN 978-7-5155-1860-2

Ⅰ. ①我… Ⅱ. ①胡… Ⅲ. ①长篇小说—中国—当代
Ⅳ. ①I247.5

中国版本图书馆CIP数据核字（2019）第085297号

我爱北京天安门

作　　者　胡金岚
责任编辑　刘　晖　雷燕青
开　　本　710毫米×1000毫米　1/16
印　　张　13.5
字　　数　180千字
版　　次　2019年6月第1版
印　　次　2019年6月第1次印刷
印　　刷　三河市百盛印装有限公司
书　　号　ISBN 978-7-5155-1860-2
定　　价　49.00元

出版发行　**金城出版社**　北京市朝阳区利泽东二路3号　邮编：100102
发 行 部　（010）84254364
编 辑 部　（010）84250838
总 编 室　（010）64228516
网　　址　http://www.jccb.com.cn
电子邮箱　jinchengchuban@163.com
法律顾问　北京市安理律师事务所　（电话）18911105819

题　记

天安门作为一个标志性的文化符号，在每个中国人心中有着独特而重要的地位。故事中，天安门成为几代警察忠诚至上、恪尽职守的力量源泉和前进灯塔。这个综合了几代人经历的虚构故事，也许从未真正存在过，但是那些浓缩了不同时代烙印的人物，却因经历着形似的人生、雷同的故事和同样的执着坚守、无私奉献，成为一个伟大职业的真实写照。那就是——共和国警察。

每个人心里都有一座天安门

代序言

我始终没想明白，胡涂干嘛管自己叫胡涂。她明明有个很好听的名字，她也明明不糊涂。如果糊涂，她不会给自己的新作品起这样一个有深意而又在字面儿上直白且朗朗上口的名字——《我爱北京天安门》，当年的歌谣在耳边回响，胡涂在歌声里的笑容有点狡黠。

胡涂这回讲的故事很吸引人。胡涂心里的那座天安门会在读者的阅读中越来越清晰，也越来越雄浑厚重。每个人心里都有一座天安门，因为祖国，因为历史，因为梦想。胡涂心里的天安门是战场，天安门是胜利的象征。四代人民警察的不懈，是围绕着天安门的职守。而故事的跌宕起伏，是绝对不会让读者失望的保证。

注：本书作者胡金岚的微信昵称为“胡涂”，朋友们也都亲切地称呼她“胡涂”。

让我们来听胡涂讲一个不糊涂的故事吧，这个故事因为天安门而肃穆，却因为讲故事的胡涂而灵动，而好听。

张　策

中国文联全委会委员

全国公安文联副主席

资深公安作家　编剧

敬礼，天安门警察

一九九九年六月
那是一个夏天
一支守卫祖国心脏的队伍
在东交民巷三十七号组建
从那时起，天安门警察
踏上征途，启航扬帆

岁月如梭，光阴荏苒
风风雨雨已近二十年
我们一路走来
队伍壮大，任务拓展
纪念碑下，金水桥前
用责任注视着每一次安检
用脚步丈量着每一块方砖

扫描二维码

倾听天安门警察心声

一代又一代天安门警察
用热血和汗水
展现了伟大的平凡
书写了壮丽的诗篇

铁打的营盘，流水的兵
或许你刚脱下军装
或许你才走出校门
怀揣梦想，意气风发，指点江山
但理想丰满难抵现实骨感
列队上勤、备勤加班
日复一日，年复一年
你曾困惑，难道警察的生活就是这样？
你曾流泪，深夜里想起亲人的惦念

没有时间，手头不宽
你渐渐习惯了朋友善意的调侃
一点一滴，耳濡目染
你慢慢学会了师傅的手快眼尖
受到表扬，实现价值
你好像也品味到了苦里伴着的甜
不知不觉，风雨淬炼
你已脱胎换骨，就像凤凰涅槃

完成了从百姓到人民警察的转变
你终于明白
天安门警察，这五个神圣的字眼
如同头顶的国徽，脚下的土地
是对人民庄严的承诺
是挑起广场安全的重担
是一刻也不敢懈怠的态度
是要用一生书写的答卷

几度风雨，几度沧桑
你执勤的地方
见证了岁月的变迁
那是一九四九
历史的车轮滚滚向前
天空终于云开雾散
这里升起了新中国的第一面五星红旗
中华民族迈开了新的步伐
共和国开辟了新的纪元
从那时起
广场上就回响着站起来的强音
流传着伟人的风范

什么是天安门警察

你和战友们心里都有自己的答案
无论是晴空万里，还是风雪雷电
守护岁月静好，保卫四季平安
高高的城楼为你作证
巍峨的华表与你相伴
为了共和国的旗帜
你把忠诚融入血脉

你是安检大棚的耐心细致，金睛火眼
你是处突现场的敏捷身手，克难攻坚
你是病痛折磨时的坚守岗位，默默奉献
你是接到任务时的临危不乱，气定神闲

你是监控屏幕前的运筹帷幄
你是升旗到来时的彻夜无眠
你是筒子河波光里的月缺月圆
你是午门外夜空中的繁星点点

你是服务群众时的灿烂微笑
你是交接班时的庄严敬礼
你是中心呼叫时的响亮应答
你是二十四小时不熄的警灯闪闪

你是示范岗上亮出的身份

你是党旗下举起的右拳
你是胸前沉甸甸的奖章
你是最美警察评选现场的泪水涟涟

你经历过“大客流”的冲击
你感受过阅兵的震撼
你帮助过走失的孩子
你救助过重病的游客

你无暇顾及车水马龙，四季变换
你无意欣赏红墙绿树，夜色阑珊
忘我于茫茫人海
护人间喜笑欢颜

或许，你已当上师傅，成为骨干
或许，你已光荣退休，颐养天年
有一天，当你回首往事的时候
你一定会自豪地说
我是天安门警察，无悔无怨

二〇一八年，又是一个春天
十九大的光辉
映照着新时代的航船
守卫祖国的心脏

不忘初心，牢记使命
继承传统，创新发展
队伍已校准前进的罗盘
我们天安门警察重任在肩

保卫广场平安
我们是雷霆出击的利剑
服务四海宾客
我们是中国警察的名片

听！国歌声声唤我心
看！红旗烈烈催人进
只愿初心不改，守望基层为民安
只为忠诚永固，携手并肩启新程

敬礼，天安门警察！

——天安门分局政治处主任　张海东

扫描二维码

倾听天安门警察心声

目 录

楔 子 …… 1
第一章 新派师徒的轨道不会交集 …… 5
第二章 卧底搭档的生死传奇 …… 27
第三章 师徒眼中的陈年尸骸 …… 51
第四章 无声战场上的初恋没有始终 …… 73
第五章 70年的工作总结与密码情书 …… 91
第六章 《一生何求》不止是一首歌 …… 115
第七章 不是所有的往事都会如烟 …… 137
第八章 躲不掉的是缘分更是情分 …… 159
第九章 真相大白时无须注解 …… 177
尾 声 …… 199

楔　子

地下通道，光线昏暗、恍惚，两条长龙似的队伍缓缓向前蠕动。整个氛围平和而有序，只有被地下通道放大了无数倍的人声，嘈杂地回荡在每个人的头顶。许是这“嗡嗡”声听久了会产生焦虑，临近安检口的人流反倒骚动不安起来。一个婴儿最先不耐烦了，在母亲怀里扭动着，继而发出不满的哭声。接着，母亲的哄劝声，父亲的呵斥声，加上旁边群众借机发出的不满，瞬间破坏了刚才的祥和。人们抱怨着、簇拥着，不由缩短了与前边人员的距离。人流中，有一个面容青涩的小伙子，用拉杆箱和双肩背包保留着自己的领地，不逾越，也不滞后。他微低着头，目光集中在前边男人的脚跟处。每当对方移动，他就将拉杆箱推到其后方五厘米左右的位置，不急不躁，有条不紊。他的脸显得很年轻，与沉稳的举动形成鲜明的反差，在一片急切的面孔中显得十分特别。可他的神经是敏锐的，他知道身后那个大胖子早在跃跃欲试，要抢在他的前边安检。其实，他大可一侧身，放那个胖子先过去，可他不想那么做。在陌生的人群中，他本能地选择了木讷，谁让父母给他起了那么个木木的名字呢——洪木木总算给自己的任性找到了合适的理由，人也迷迷糊糊地通过了安检通道。四周被阻拦许久的人们，争先恐后往台阶上跑，只有他拖着箱子，站在台阶下发呆。

洪木木知道，登上几十级台阶，再向西一拐，随着人流，走不了多久，就是此行的目的地。那个他想了十几年，梦了十几年，并且每天都在电视里见的建筑，已经近在眼前，他却失去了走过去的兴趣。他忽然觉得很没意思，为了一个儿时的故事，为了那个一去不复返的人，为了某种与生俱来的矫情，他已经努力了太多，付出了太多，结果似乎已经不那么重要了。

“天安门，天安门，宝宝要去天安门。”一个稚嫩的童声传来。

洪木木循声望去——那是个两三岁的小男孩，拉着父亲的手，蹒跚着往台阶上走。父亲心疼地将其一把抱起来，扛在肩上，三步并作两步地冲上了台阶。孩子“咯咯”的笑声，久久回响在地下通道里。洪木木看着、听着，几乎穿越回十几年前，那时，他也是哭着不让爸爸走的小男孩，而爸爸却只是记忆里高大、模糊的身影。他永远记得，妈妈说，爸爸去了那个有天安门的地方，等他长大了，就带他到那个神奇的城楼下，去找爸爸……

小孩子是多好骗啊，可小时候相信的事，长大了就很难忘记！洪木木不怨母亲，更不怪自己。他的所作所为，只有一个目的——给童年的自己一个真实可信的答案。他认为，那才是对自己十几年隐忍和被骗的最好回报。

洪木木深吸一口气，拎起箱子，一口气跑上了地面。

北京的初秋，风已清凉，带着大都市的气魄和古都的气场，铺天盖地般袭来，洪木木喘息着，驻足四望，团团殷红映衬着团团人流直入眼帘。那便是红墙了。书上说，顺着红墙向西行，经过劳动人民文化宫，便是巍峨的天安门城楼……洪木木还想在红墙下歇歇脚，可他被人流簇拥着，再没了拖延的借口，只能一路向前，向前，直到人流忽然停止的时候……

传说中的天安门城楼就这样猝不及防地出现在洪木木眼前。他有些不知所措，本能地先低下头，可没过几秒，他又抬起头，觑着眼睛，小心地将目光投向想象中应该是光芒万丈的建筑。

扑入眼帘的先是一片红色，继而在晨光熹微时特有的金黄色的笼罩下，洪木木真的看到金光闪闪的红墙碧瓦。那真切的红墙、红柱、红灯笼，在一片琉璃瓦的掩映中，显得无比庄重、巍峨。而城楼正中，伟人画像更令他几乎听到70年前那个苍劲有力的声音——中华人民共和国成立了！中国人民从此站起来了！

随着想象中的世纪之音，洪木木不由挺直身板。他清楚，这种不自觉的身体反应和莫名感受，绝不是警校生活教育历练的结果，那是岁月年轮的沧桑和祖国山河的气场使然。洪木木的思绪瞬间清澈了，情绪也从刚刚踏入这个陌生城市的低迷，恢复了日常的高昂。他甚至重新相信了儿时的传说——这是个有魔力的城堡，这是个集聚着神奇力量的建筑，这是个能实现梦想的地方……

第一章　新派师徒的轨道不会交集

I

洪木木拖着行李，背着双肩背包，在会议室门口站了足足十分钟，才盼来了稀稀拉拉的掌声。所长饶志国结束了对洪木木冗长、详尽、言过其实的介绍后，总算想起来，让他放下背包，坐到那些老警察中间。其实，洪木木早看得一清二楚，这个派出所的年龄结构并不老，真正能算上“老警察”的没几个。只是，对他这个挂着“箭头”的警校实习生来讲，在座的都是前辈。他不无小心地坐到椅子上，眼睛仍直视前方，一脸敬畏地听饶志国继续训话。饶志国的话题已经从他这个支援警力，转到了演讲的正题——即将到来的国庆节安全保卫工作，简称国庆安保。出校门前，院长、老师、干事……一干人等都对此次跨省支援有过不同程度、角度、层面的分析和动员，洪木木早听得耳朵长茧，心中生草。此时，纵使饶志国说得吐沫星子飞溅、面红耳赤、眉飞色舞，新人洪木木也一句话没听进去。他已经被旁边一位老警察绝佳的睡姿征服了。

那是个扛着“一级警督”警衔，头发花白、满脸沟壑的老警察。他端正地坐在椅子上，上身保持直立，左手伏案，右手拿笔，头部低垂，眼镜挂在鼻梁上，从远处看——好一个认真做笔记的老干部形象。只有坐近了才能发现，那厚厚的老花镜片后的眼睛早变成了一条缝儿，随着微弱而均匀的鼻息声，幸福地忽长忽短着……

洪木木不禁暗叫，果然高手在民间啊。早知有如此“隐睡”技术，自己就不会因为上课睡觉挨那么多回罚了。带着惺惺相惜的心态，他故意增加了自己咳嗽、打喷嚏的次数，以适当掩盖老前辈深睡中难以控制的鼾声。好在饶志国沉浸在自己慷慨激昂的演说里，根本没注意洪木木在角落里的小把戏。

奇怪的是，饶志国的发言结束还不到一秒钟，老前辈就睁开眼睛，带头鼓起掌来。洪木木不得不对自己刚才的判断表示怀疑，瞪着眼睛看那个迈着与自己年龄极不相符的步伐，已经走到会议室门口的前辈。

“嘿，老周，您老留步。”饶志国的眼睛还是雪亮的，一嗓子拦住了老警察。

老周只能回过身，慢吞吞地走回来。洪木木这才发现，老周并没有叫得那么老。他的垂垂老态，完全来自他故意佝偻的后背和那一脸几天没刮的花白胡茬。

饶志国根本没提老周开会睡觉的事，而是郑重其事地把洪木木介绍给他，还说要帮他分担工作压力。

对于组织关心，老周的态度明显是不置可否。他甚至都没正眼看一下洪木木，就转身离开了。多亏洪木木机灵，一出会议室门就开始师父长师父短地叫起来。老周才勉为其难似的带着他各屋转了转。洪木木很奇怪，大家对老周是敬畏多于亲近，一点儿不像自己想象中的样子。老周对他的态度就更是无法形容了，那是一种近乎无视的漠然。这让自认为具有先天亲和力的洪木木产生了强烈的挫败感。在他几次亲近测试惨败而归后，洪木木不得不考虑变换思路，用迂回的方式打开局面。哪知那些很快接纳他这个新鲜血液的年轻人们，一听他问到老周的事，马上转换话题，不惜操心起世界和平的问题。弄得一头雾水的洪木木开始脑洞大开地想象自己摊上了怎样一个"怪物"？于是，一切变得"细思极恐"。几天下来，洪木木发现老周的"怪"几乎无处不在，比如：穿衣打扮——从来不穿便服；兴趣爱好——站在院里，看远处那个宏伟建筑的一角；手机彩铃——《我爱北京天安门》……

不管怎样，洪木木的新生活开始了，他打心眼儿里知足。毕竟，他到了北京，到了这个人称"京城第一所"的派出所实习，名副其实地成为离天安门最近的警察。至于后边该怎么办，会发生什么，他真的不知道。他只执拗地觉得，只要自己到了这里，命运就会给他一个满意的答案。看着派出所辖区地图边上那个大大的醒目的天安门城楼标志，洪木木暗中给自己打气，他一定能做好，至少比"那个人"好……

II

老周就这么多了个徒弟。可他一如既往保持着独来独往的习惯。早上点完名，他就骑上新配发的警用电动自行车，直奔社区警务站。直到碰上社区刘干事，问他小徒弟怎么没跟上，他才想起来，自己也是“有后”的人了。想到那个满脸透着机灵的洪木木，他并没有一点儿欢喜。用现在流行的一句话说，那孩子可不是他的“菜”。刚来没两天就跟所里上上下下打成一片不说，还千方百计打听他这个师父的底。最让他不能忍受的是洪木木那幅“惹事精”的模样，所里哪个探组有事儿，他都跟着掺和，好像无所不能似的。这在饶志国眼里可能是积极参与、工作主动的好苗子，可在他老周眼里，就是个急功近利、见风使舵的“祸害”。老周不明白现在的孩子怎么这么有心计，为了能得着个好评语，赢个学生奖励啥的，净干些眼前花儿似的事儿，没有一点儿他们年轻时抓着工作死不松手的执着劲儿。难不成时代真的变了，这人心也跟着变了？

想到这些，老周把洪木木忘了的负疚感就不那么强烈了。本来社区警察的工作就琐碎、无聊，累死也干不出花儿来。那孩子一准儿盼着利用这个被甩的机会，跟治安组出去抓人破案呢。老周乐得一个人自在，四处巡视了一圈，把该办的事儿都办了，就轻车熟路地转到影壁胡同三号院对面的小卖部。

小卖部老板是六十多岁的牛大妈，看到老周过来，早就眉开眼笑大老远招呼着，让他赶紧进屋，喝她一早沏好的大碗茶。

老周咧嘴笑着，却不进屋，把车篓里的大茶缸子往小卖部的窗台上一放。牛大妈就喜滋滋给他添上了温热的茶水。老周举缸，闷头猛灌了两口，才咂摸着嘴，夸奖起来：

“正宗张一元‘高沫’，有钱难买，地道。”

牛大妈像得了最高奖赏，抿着嘴儿不说话，只一个劲儿地往老周的茶缸子里填茶水。

“怎么样？还是老样子？”老周的头向对面的院里扭了扭。

“嗯。您说这案子都过去这么多年了，这么好的院子空着，真够可惜了的……”

“冤魂不散，谁住着都不踏实。”

“哎哟，又吓人。阿弥陀佛……”

老周露出与年龄不相符的坏笑，正要继续自己的话题，忽见洪木木骑着辆共享单车急火火地赶过来，只得恢复了师父的做派。

“师父，您刚才走得急，所里发了封井盖的封条，让一周之内落实。我，我就把咱们的领了，这才过来。”

老周表面不动声色，心里却不得不对这个后辈刮目相看——明明自己被别人耍了，可并不找别人的毛病，还将责任揽到自己身上。这种处事方法，在这个年龄段的孩子身上着实少见。这要放别人身上，可能庆幸得了个能帮自己分忧的好助手。可惜，老周不是别人。他相信过早成熟的果实都是化肥浇多了，人也一样。少年老成的，不是目的不纯的心机过重，就是苦大仇深的心理失衡。这两种他都不喜欢。人嘛，就应该什么岁数操什么岁数的心。在他看来，洪木木对工作和人际关系关心得未免太多了点儿。

“嘿，这哪来的这么顺溜儿的小伙子啊？”牛大妈露出所有大妈们应有的眼神，脑子里不自觉地出现着各种姑娘的倩影。

老周自然知道这后边的程序，赶紧将洪木木好好夸奖了一番，等洪木木深陷牛大妈的热情陷阱之后，自己拍拍屁股，准备闪人。

这时，一个身穿白衬衫黑裤子的小伙子，引着一个打扮入时的中年妇女旁若无人地走过来。

“您看这四周环境，绝对是闹中取静。现在的北京城里，您就见不到这种地方了。”小伙子尽量装出来的北京口音十分别扭。好在对方满口广东味儿，根本分不出来。

“哪里那么夸张啦？这么破旧的房子才是难找啦。”

二人说着已来到三号院门前。小伙子麻利地弹掉房门上的蜘蛛网，费力地捅着那把锈迹斑斑的门锁。

“这个房子多久没人看了？”

“没多长时间。北京刚出暑伏，空气太潮，太潮。”小伙子明显有点儿起急，手下暗使蛮力。

“你要再使蛮劲儿开那所锁，钥匙一准折里头，你信不信？”

小伙子被忽然而至的警察震住了，慌忙举起自己的胸牌，向老周表明身份。

“行，行，知道。你不就街东头那个小链家的吗？”老周不经意地说着，接过小伙子的钥匙，用手整了整，又使劲儿吹了吹，才摸索着插进锁眼儿，缓缓调动着方向，“这房有人挂出来啦？”

“是啊，大叔，这不刚挂出来就……”

“这位女士不是本地人吧？”老周的目光转向中年女人。女人扶了扶墨镜，下意识扭过身去。

“那是啊，这小四合院，咱当地人哪儿买得起啊。”小伙子抢着回答。

锁头“咔”的一声打开了。老周仍然看着女人，没有开门的意思。女人不得不转过来，正色道：“怎么，大陆现在买房也要查户口？”女人语气里充满了不友好。

“哈哈，看您说的。我师父就是随便一问，您别多想。”洪木木不知道什么时候站到几个人身后，及时打破了僵局，“是不是，师父？哟，这锁头，有年头了啊，该不会比我都大吧？”

洪木木嬉皮笑脸地接过老周手里的锁，不管不顾地推开了那扇门。

像是被什么冲撞了，老周下意识地向后退了两步。小伙子和女人也不自觉地跟着愣在原地。只有洪木木不管不顾地迈过高高的门槛儿，兀自感叹着：“嚯，这就是老北京的四合院啊！师父，你看……”

这时，他才发现大家都没有跟进来，老周更是远远站在门口，脸上写满了诡异……

III

洪木木已经到所十天了。起初的兴奋和新奇渐渐被失落和焦虑所取代。他不知道是否应该接受命运的安排，继续做老周的徒弟。十天来，他通过自己的努力给所里人留下了谦虚好学、吃苦耐劳的好印象，凭他的勤快劲儿，现在想上哪个组帮忙，都会受到热烈欢迎。他根本没必要再赖在老周的社区警务站，跟那个谁也看不透的“怪老头”浪费时间。毕竟属于他的时间不多，国庆节过后，他就要回到家乡警校，再想找进京支援的机会就难上加难了。可自从那次误入影壁胡同三号院，他的好奇心就被大大地激发了，毕竟窥探是人的本能，他洪木木虽然少年老成，但终做不到免俗，只能将自己的小目标暂时放一放，把注意力集中到那个据说被老周盯了30年的地方。

影壁胡同三号院是个名副其实的凶宅，这是洪木木事后从所里的学长处了解到的。这便回答了洪木木那天的疑问——何以一同打开院门的几个人中，只有他一个人大摇大摆走了进去。回想当时的情形，洪木木得出切实的判断——除他之外的其他三人对那个宅院的历史都十分清楚，或者至少是有所耳闻。其中，反应最大的老周应该了解更多；其次是那个平静得失去了买房人应有的好奇表现的看房女人；至于那个心怀鬼胎，一心想把这个凶宅按正常房价出售的房产中介，最多只知道房子的传闻而已。事后，洪木木通过热情的牛大妈，证实了自己的一番推断——老周关心这个房子不是一天两天了。以前是三天两头联系人找房主，得到房主确实移居海外多年的消息后，就隔三岔五地围着空房子转悠。一年前，房子被首次挂牌出售以后，老周便让牛大妈专门盯着上门看房的人。奇怪的是，春夏秋冬过了四季，那天的女人竟是第一个看房人。为这，牛大妈戏称洪木木是老周的福娃。可老周对他这个“福娃”带来的福气反应寥寥，对洪木木依旧一副爱答不理的样子，对宅子的事更是只字不提。洪木木用冰棍冷饮贿赂了好几个学长，只打探出老周盯这个房子跟一件凶杀案有关，除了年头久远，别的没人能说清楚。人的好奇心就是这样，越搞不懂的事就越想知道。洪木木天生的木讷和执拗劲儿上来了，更不会轻易放弃。他成天追着老周，问东问西，却醉翁之意不在酒。老周则是揣着明白装糊涂，只充分发挥他支援警力的作用，毫不见外地将所里布置的各种安防基本工作悉数交到他手里，自己整天早出晚归，神龙见首不见尾，不知道在忙些什么。

这下，洪木木成了上了发条的陀螺，累惨了。吃了晚饭，他就瘫在宿舍的床上，死也不想动弹。忙了好几天了，他决定彻底放松一个晚上，刷刷朋友圈，“吃两盘鸡”，然后一觉睡到大天亮。放松之前，他还要做最后一件事——把今天的工作记下来。这是他对自己的基本要求，也是在跟某人较劲。

极不情愿地，洪木木蠕动着挪开身子，从被子底下掏出一个有些厚重又十分复古的笔记本，从反面翻开，一笔一画地记下自己对老周师父的绝对信任和回报——几天里，他查了253个井盖，贴了五百多个封条，抽查走访了560家出租房，79家小餐馆，201个小摊贩，还顺带参加了社区内一所重点小学的安全教育活动，将安全手册送到每个家长手中……

写下那些数字，洪木木心里没有一点儿兴奋。说到底，这些记录，不是记给老周看的，更不是写给他自己的，而是写给那个想象中的较量对象的。

洪木木把笔记本正了过来，从第一页打开。本子的扉页上，几个字体清秀的小字扑面而来："工作日记，洪涛。"没错，这就是那个他想象中的对象，这一切都是做给他看的，尽管直到现在，他仍是洪木木暗中追寻的一个影子和符号。

洪木木正要翻开细读，忽听楼道的呼叫器里，传来指挥室的布警命令。他和老周的辖区出事了，一个多年精神失常的患者突然犯病，正在持刀闹事。

洪木木赶紧翻身下床，奔赴现场。一路上，他的脑子是蒙的，只想着这种时候，作为社区民警，他必须站在老百姓的最前边，用生命和鲜血保护人民的人身和财产安全。直到他与持刀的精神病人相聚不足一米的时候，他才发现，师父老周并没在现场，而事情也远没有他想象得那么凶险。

被称作"程疯子"的闹事者，至少有70岁了。他身材矮小，体态精瘦，被一众居民围着，面容和善地摆弄着一把明晃晃的菜刀。围观的老百姓不带丝毫惊恐地看着他在人堆儿了里表演，不时还冒出两句风凉话。大家的目光时不时望向街口，似乎在等着什么到来。洪木木一开始以为他们是在等着警察的保护，谁知他的出现没有引起丝毫波澜。大家只客气地给他让出了走向闹事者的通道，关注点没有丝毫改变。于是，气氛就显得有些尴尬。

站在所谓危险者的面前，洪木木脑袋忽然短路了。老师和书本上只教过他，面对危险，要挺身而出，可没教他闯入这样一个没有危险的怪圈儿该怎么办。他正不知所措着，僵局竟被闹事者打破了。程疯子自来熟儿似的跟洪木木点点头：

“来啦，您呐！”

“啊，来了。”洪木木下意识回答着。

“那您先屋去喝口水吧。”路灯下菜刀的寒光把程疯子的脸晃得异常苍白。洪木木忽然想起，自己应该先夺了对方的凶器。

“水就算了。您这刀先给我吧！”

“哎，这可不行。”程疯子被提醒了似的，忽的将菜刀举过头顶，“我犯病了，我要砍人，我……”

程疯子眼神忽然犀利起来，望向人群。人堆里发出起哄的唏嘘声。程疯子忽然笑了，不好意思地收回刀锋，把菜刀抱在自己怀里。

“我，我再说一遍，把菜刀给我。”

洪木木第一次觉得自己的声音那么苍白无力，正不知道下一句说什么，不远处忽然传来刺耳的警笛声。人群中，早有人兴奋大叫：“来啦，来啦！”

洪木木以为老周从所里带来了救兵，正要疏散人群，哪知众人早已自动让出一条宽宽的通道。紧接着，胡同口闪进几个白衣人，原来刚才的警笛根本不是警车，而是救护车的嘶鸣。医护人员从容地经过人群，看看重新举起菜刀的程疯子，又看看穿着制服的洪木木，开始各司其职。两个身材健壮的男护士，果断没收了程疯子的菜刀，为他套上约束衣。另一个轻车熟路地去地上取了不知何时就已准备好的行李脸盆，扔到车上。最后一个岁数稍大的大夫模样的人拿出一个登记本，递到洪木木面前，让他签字。洪木木不解，正要仔细观瞧，老周几乎从天而降。

“我来吧。”

老周看都没看就签了自己的大名。医生满意地向他笑笑，与同事一起，簇拥着“程疯子”走向胡同口的救护车。

“行了，行了。大家伙儿都散了吧。”随着老周的吆喝，围观群众意犹未尽地四处散开，胡同里瞬间恢复了宁静。

“师父，这，什么情况？”

“嗨，没事，精神病入院，没什么大不了的。”

“那您刚才去哪儿了？”

“小子，以后你就知道了。警察啊，不是什么时候都必须第一个出现的。”

又是这样一句没头没脑、糊里糊涂、哪都不挨哪儿的话。洪木木还想问个究竟，老周接了个电话，脸上的核桃褶儿瞬间绽开了花。他好像又把洪木木忘了，脚不沾地地离开了已经恢复寂静的小巷。洪木木很想追过去，大声问一句，他到底算什么？可年轻人的尊严让他克制住了那股莫名的冲动。于是，压抑多日的不满终于化作一腔蛮力，发泄到路边的电线杆上。反作用力带来的疼痛中，洪木木隐忍着，踮着脚转着圈。这时，他发现不远的天边，几行射灯勾勒出的轮廓透过斑驳的树影，清晰地映射过来。那是夜晚的天安门城楼。洪木木立刻明白了，原来这才是这个派出所最牛的地方，也是老周能在所长面前作威作福的关键。毕竟，全中国960万平方公里的土地，大概没几个派出所能在自己辖区里看到天安门吧？那洪涛呢？他也是因为来到首都，来到全国政治、经济、文化中心，来到天安门，才变成了影子和符号吗？洪木木发现自己思维的终点总会落到这里。他不想这样，却控制不住。他甚至设想着十几年前的某个夜晚，洪涛也像他一样，看着夜幕中的天安门城楼，独自发呆。可他在想什么呢？会是在想他吗……洪木木使劲摇摇头，驱赶走就要漫上来的伤感。这么多年了，他习惯了，想不明白的事情，先不想，让时间来解释一切。

IV

老周对洪木木的恻隐之心在那个晚上停留了一小会儿。他觉得那孩子执着的眼神，那么像一个人。他本想有工夫跟他解释一下什么叫有所为有所不为的道理，还没等他腾出工夫，他就在监控里看到洪木木拿电线杆出气的情景。看来，年轻人都是一样的，时候长了，就会扒掉所有的伪装。洪木木还是太嫩。于是，老周改了主意，决心将自己的单打独斗进行到底。大家怎么说自己，老周心里门清。无外乎偏执、固执、孤僻、自私，再扣个心胸狭隘、没有大局观念之类的大帽子。他早都习惯了，不需要解释，更不会解释。那件事之后，他的人生就拐弯儿了。窝囊也好，遗憾也罢，他不想妄加评论了，只希望在自己仅剩的一个多月的职业生涯中，将一件事坚持到底，哪怕最终毫无结果。

那天，随着影壁胡同三号院门的打开，他似是看到一丝光亮。现在看来真是老天眷顾，要在他脱下这身警服的时候，给他一个交代。经过几天的死看死守，老周真发现了一个可疑人影，几次三番在胡同里转悠，眼睛也是有意无意地盯着那个紧闭大门的三号院。难道真是自己等了十几年的人出现了？欣喜和紧张早已冲散了那个年轻徒弟给他带来的小涟漪，老夫聊发少年狂的豪气也让他几乎重拾了多年前的自信。他按捺着，等待着，期盼着……谁知，等来的竟是一支浩浩荡荡的装修队伍，那个神秘的男人再没有出现过。

老周不相信一切都是巧合，把房产中介的业务员找来问话。小伙子还沉浸在大单成交的喜悦中，毫不掩饰地向他展示刚刚落到自己头上的“大馅饼”。原来，那天看房的女人回去就明确表达了购买意向，三天后即来签了合同，付了定金。由于房主在美国，一切都委托中介完成。中介担心到手的鸭子飞了，连夜准备资料，没几天就完成了一手交钱、一手办手续等诸多事宜。那所空置多年的老宅几乎是一夜之间换了主人。新主人更是急着让小院老树发新芽，旧貌换新颜，哪顾得上国庆将至，各项规章制度严格，一挂违规燃放的鞭炮被罚了5000元，只为装修工程立即启动。

胡同里热闹起来，也繁乱起来。老周一边收拾着自己不无沮丧的心情，一边回过头来关注自己的日常工作。这时候他才发现，那个自己不喜欢的小子，不仅一丝不苟完成了所有安保常规任务，而且无师自通地早跟社区工作者们打成了一片。他不得不承认，这小子是个天生当警察的料。可他更奇怪，自己什么都没教他，光靠学校里那点儿书本上的东西，他绝对不可能有现在的能力和水平。老周开始怀疑，有高人暗中指点。他开始偷偷留意起洪木木来。

应该说，洪木木的确是他这个年龄段的孩子中的极品、另类。每天早上，他都会仪容整洁地按时出现在早点名会场。那种头不梳脸不洗，闭着眼睛、扣着扣子走进会议室的情况从来没出现在他的身上。然后，他会谦恭地向他征询一天的工作，得到相关指令后，或下社区，或在所里，以极强的执行力和行动力圆满完成。其间，还会被各级所长、政委、内勤等各种人物委派不同的工作，他必是笑脸接受，从容应对。除了那天录像里的情绪外泄，老周几乎没见他失态过。这种为人处世的方式放在几十岁的老警察身上不足为奇，可要是出现在一个大学还没毕业的新兵蛋子身上，就显得不那么正常了。

当了几十年警察，老周自诩阅人无数，自然凭经验将洪木木归入目的性极强的人群中。对这类人，老周本是一辈子敬而远之，这回更不能例外。他索性将社区工作全权交给洪木木，自己站在一边看热闹，躲清闲。不明就里的人都夸他育人有方，后继有人，更羡慕他们师徒关系融洽，情义绵长。只有洪木木如脚下踩了风火轮，恨不得长出三头六臂。

名人说，不在沉默中爆发，就在沉默中灭亡。老周有些成心的作为，就是想看看这个与众不同的年轻人到底能坚持到什么时候，而他的真正目的又是什么？凭借老警察的敏锐，老周感觉这个孩子之所以哭着喊着到他们这个再平常不过的派出所来，绝不仅仅实习支援那么简单，而他所付出的努力和隐忍，也早就超出了评先进、争功劳的范畴。这一切肯定另有缘由。

V

星期天，老周所在的探组值班。按照惯例，他们将在所里留守，负责一天的接报警及突发事件处理。老周按时到岗，沏上茶水，又将几件脏警服扔进洗衣机里，盘算着怎么拉着洪木木那小子完成这个月的数据上报。忽然，手机响了，干妈刘萍的小保姆用外交部发言人的口吻通知他，刘萍老太太又走失了，让他赶紧找回来，否则后果自负。老周赶紧替老太太道了歉，并表示一小时之内向她反馈结果。小保姆这才心不甘情不愿地挂了电话。

要说一个小保姆哪能张狂成这样？偏这世上就是一物降一物。刘老太太年近90，耳聪目明，就是脑子糊涂了。一辈子没结婚的她，经过自然灾害、政治运动的洗礼和磨砺，活得通达透彻，从来不跟别人、更不跟自己较劲。谁知道，老了老了，被阿尔兹海默症所俘，成了名副其实的老小孩，对照顾她生活起居的小保姆极尽挑剔之能事，折腾得她工作中的高徒、生活上的义子——老周苦不堪言。经过数十任保姆替换之后，终于遇到这个河南籍妹子。不知道姑娘什么地方入了老太太的法眼，一见面就被老人拉到自己的炕头，嘘寒问暖。以后的日子，刘老太太像变了一个人，对小保姆不仅毫无挑剔，而且言听计从。老周自是被寻找保姆的艰辛和老太太的幺蛾子折腾怕了，对小保姆也是礼让有加。如此这般才造成了保姆能顶半边天的局面。而刘老太太近期病症加重，频繁离家出走，早令小保姆身心俱疲，多次提出辞工换主的想法。老周几次用加薪大法稳住了局面，可次数多了，保姆早就麻木了，能履行一下通知的义务已属良心之举。好在老太太能去的地方不多，又相对规律，老周早已谙熟于心。他要做的只是及时赶到相关地点，找到老太太，安全送回家。

老周记得上次老太太出走去的是公安学校旧址，按照历史轨迹，她老人家该去自己参加工作的第一站——炮局胡同了。老周给代班所长发了个微信，骑上电动自行车就钻进了胡同。

东城属于城中心，总体变化不大，老街老胡同大都保持了原来的风貌。老周穿街走巷，没一会儿就到了二环边上的炮局胡同。远远看到那个跟时代严重脱节的旧炮楼，老周居然生出一丝沧桑感。这种早被他屏蔽的情绪来得没头没脑，让他有种不祥的预感。果然，他问遍了路上的行人，还到当地派出所调了监控录像，根本没找到老太太的影子。他立即意识到问题的严重性，只能托熟人打听朝外大街、东岳庙附近是不是出现过这样一个老太太。得到否定答复后，老周的心凉了半截，因为老太太离家出走只去过三个地方，现在只剩下最后一个天安门广场了。那里人多、警力也多，老周早就跟负责巡逻的兄弟单位的同事打过招呼——有情况及时通报。现在距老太太走失已经过去好几个小时，要是老太太真去了那里，早该有人告诉他了。难道说，这回老太太真丢了？老周愁眉不展，闷头往回赶。

洪木木已经习惯了师父老周对自己的历练，也在经历了程疯子事件之后，对自己的工作态度和工作方法进行了反思。他变得更加自信，对老周的所谓“传帮带”便有些不屑了，自以为没有他的引领，自己一样能把这点儿没有任何技术含量的活儿，玩得手拿把攥。所以，即使是值班，他和老周的工作轨迹也不会重合。二人心照不宣各司其职。不过，在帮别的探组修理电脑时，他知道快到月末了，按规定每个社区民警要填报几十张报表。料想这种需要依靠科技网络完成的大数据采集工作，必不是老周的强项，洪木木犹豫着自己要不要采取主动。毕竟，这种井水不犯河水似的师徒关系有悖常规。通过多日的了解，他断定老周跟他一样——是个有故事的人。两个这样的人凑在一起，最可能的结果就是互相猜测。为避免误会，大概只能让距离产生美。好在老周就要退休了，而他也会在安保工作结束后回到学校，迎接自己无法控制的命运的安排。

可能因为过早地体会过生活的真实味道，洪木木才不会像同龄人那样，被老师和前辈稍微鼓动，就用诸多令人热血沸腾的溢美之词将自己绑架在所谓职责、使命之类的窠臼中，他对警察的理解一直很单纯。他觉得警察就是一种职业，一种可以养家糊口、安身立命的营生，本质上跟打工、经商没有太大区别。他对自己的要求一直是尽快掌握这一职业的本领，好让自己能在今后的工作中如鱼得水，走得比别人快一些。所以，无论在学校上学，还是各种保卫实习，他都在尽量锻炼自己，做到活学活用、学以致用。目前看来，他不仅做到了，而且效果不错。未来，无论他会在哪里开始自己的职业生涯，他都相信自己能如鱼得水，游刃有余。当然，对这近乎神赐的天赋，他必须感谢洪涛，毕竟他的血管里流淌着他的血。

想到洪涛，洪木木的心里还是有些烦乱，从抽屉里拿出那个破旧的笔记本，缓缓翻开。他必须承认，是这个本子，把他从遥远的南国吸引到这个陌生的地方，而本子里边的内容更为他顺利打开局面提供了帮助。他已经离不开它，对后边剩下的不到十页纸的记录，他不忍心一下看完，只克制着扫了一眼后边的文字。

有些泛黄的纸面上，清楚出现的一行字，让洪木木心中一凛——关于影壁胡同三号院。机缘这个东西真的太过玄妙。那个神秘的影壁胡同三号院居然也出现在洪涛的笔记本中。自从了解到老周对三号院的关注，洪木木早就自觉将那个领地的工作留给了老周，自己躲得远远的。只听说院落顺利售出，施工队已经进驻，老周依旧风雨无阻地到院对面的小卖部报到……洪木木忽然想起老周第一次进院时那难解的表情，直觉这两件事必有关联，赶紧往后看，却发现好好的本子被生生扯去几页纸，后边的记录与那神秘的六个字便毫无关联了。洪木木的好奇心骤起，正想找理由，趁老周外出到工地一探虚实，哪知报警电话就来了——影壁胡同三号院地里发现人的骸骨。

VI

虽说福无双至祸不单行，但是所长饶志国怎样也没想到，影壁胡同三号院那所凶宅的大门一打开，不仅出现了刑事案件，还引来了国家安全部门，更把所里警察牵涉其中……一团乱象中，他陪着市局领导在现场转了一圈，还没梳理出个所以然，就又被拉回所里，参加由国保、刑警、治安等各主管部门组成的联合办案小组的工作会议。眼看着会议室里人头攒动，各路人马都在汇总自己的情况线索，只有“正差儿”社区民警老周不见踪影，饶志国的邪火就不打一处来。可他有什么办法呢？老周涉嫌与海外间谍接头，当时就被国安的侦查员按在劳动人民文化宫的太庙前边了。听说，当时他那个患有老年痴呆症的干妈，也是市局刑侦老前辈刘萍还此地无银三百两似的，当着很多人的面大呼——他不是特务，他是保卫毛主席的地工人员……这都哪跟哪儿啊？饶志国当然不相信老周会是间谍，可要让人家国安的人相信，还得把所有事情都理顺了才行。所里现在一个萝卜一个坑，他这个所长能依靠的，便只有那个被大家吹成天才的实习警员洪木木了。

这时，一张年轻的脸出现在会议室门口，东张西望了一会儿又不见了。那是刚刚摸清了全部情况的洪木木。他哪儿见过这么大阵仗，一时心虚不敢贸然闯进会议室，只能躲在楼道里给饶志国打电话。

“所长，情况基本搞清楚了。”

“行，到我办公室等我。”

饶志国趁着主管副局长听刑警汇报的工夫，一闪身，溜回自己办公室。洪木木有些拘谨地坐在沙发上，脸上罩着所有年轻人初遇大事时的红晕。

“说吧，赶紧，抓重点。”

洪木木早在刚才就观察到饶志国在会议室里的尴尬和不安，此时，见他眉头紧皱，语气焦躁，判断领导虽然不得已派自己去了解情况，可心里绝对不相信他这个实习生能给他带来什么有价值的线索。于是，他故意定了定神，没有马上开口，直到饶志国狐疑的目光扫到他身上，才清了清嗓子，条清缕析地把自己了解到的情况，加上自己的判断娓娓道来。

其实，洪木木接警后第一时间就赶到了现场。只是他没想到，与自己同时到达的还有几个神秘的穿便衣的人。他刚要上前盘查，人家就晃了晃自己“国字头”的证件，要求他报上来路。洪木木一五一十说明情况后，从对方脸上闪过的一丝惊异中判断，他们围盯影壁胡同三号院的目的跟自己不同，对院里发生的事情更是毫不知情。不过，从时间上判断，他们也是刚来不久，至于所为何事，他还是后来从在市局刑警队实习的同学那里打听到的。经过甄别分析，洪木木从这几乎同时发生在一个小时之内的乱七八糟的事中，得出三个结论：

第一，影壁胡同三号院内发现陈年人体遗骸，涉嫌刑事案件。市局刑侦大案队已对现场进行了详细勘验，并起走遗骸。案件性质待进一步了解后确定。为此，办案警察已通知房主，尽快到所，配合工作。

第二，根据国安部门截获的情报，影壁胡同三号院与海外间谍组织有关。具体情况涉及国家安全，只有专案组人员掌握，其他说法未经过官方证实，不足传信。

第三，老周因刘萍走失，一路寻到天安门广场，后来不知怎么又到了劳动人民文化宫，被根据情报蹲守抓捕接头间谍的国安便衣按倒在太庙南墙下……这时候，失踪半日的刘萍忽然现身，还吞噬了从树洞里拿出来的情报……

饶志国听闻，对前两点毫无疑问，对第三点百思不得其解。按说刘老太太罹患阿尔兹海默症已有好几年，做出些令人难以想象的举动无可厚非，怎么老周也平白无故搅和进去了呢？这国安也是，怎么能轻易抓人呢？这也太不把公安放在眼里了吧？可这一切又跟影壁胡同三号院的案子有什么关系呢？饶志国预感到，那个无名尸骸应该是所有问题的关键。他掏出手机，正想给自己在法医中心的同学打电话，办公室的门忽然被撞开了。

刘萍拄着拐杖，怒气冲冲地站在门口，旁边一个穿便衣的中年人一脸的不知所措。饶志国认出那人就是国安的临时负责人——张主任。不管怎么说，都是为了工作，身为所长，他必须拿出地主的度量。饶志国瞬间换上一副笑脸，小跑过去，搀扶着刘萍，为兄弟单位同事解围。

“哎哟，这是谁惹着我刘姨儿了？”

刘萍并不搭腔，只用拐杖把地板敲得“咚咚”响。

“饶所，这都是误会。我们哪知道这位……”张主任讪笑着想解释。

“废物，一群废物。真是黄鼠狼下崽，一茬不如一茬。”刘萍忽然发号施令起来，“自个儿的活儿，自个儿兜着，该干什么干什么去，别都挨这儿综着。”

“哦，得嘞。”饶志国条件反射般命令洪木木配合刑侦部门，继续跟进无名尸案件，请求张主任迅速查清老周的误会，尽可能将案情向公安部门进行通报。见二人分头离开，饶志国才走过去，搀着刘萍到屋里的沙发上落座。老太太神清气定地四下打量了一下那间硕大的办公室，眼睛里发出幽幽的光：“我再说一遍，他是好人，是地下党最优秀的地工，我用我的党籍保证。”

饶志国不知所云，讷讷地，不敢轻易搭腔。

“人哪，人哪！”老太太再次将地板敲得咚咚响的时候，老周捧着一个小木箱子及时出现。饶志国像遇到救星一样快步迎上去，却被老周无礼地晾到一边。老周旁若无人地走到老太太身边，蹲下身，打开那个盒子。盒子里整整齐齐放着几十个叠得一模一样的纸三角。看到盒子里的东西，刘萍有些呆滞的目光，忽然变得灵动了。她伸出苍老的手，轻轻放在盒盖上，脸上泛起一丝红晕：

“你把这些东西翻出来做什么？”说着，她窸窸窣窣地从兜里掏出一个崭新的纸三角，恋恋不舍地放进盒子里：“行了，70个。高老师，我尽力啦！”

老周本想跟刘萍解释，可看到老太太弥散的眼神，他知道干妈这是又回到她自己的频率了。自从患病以来，刘萍时不时地就会回到她的世界。一开始，老周并不习惯，还试图帮助她重回现实。可次数多了，他发现回到自己世界的刘萍是年轻的，幸福的，充满青春朝气的……

第二章　卧底搭档的生死传奇

I

在刘萍的记忆里，1949年的冬天是寒冷而温暖的。天寒地冻中，一股希望的暖流，时时穿过她20岁的单薄瘦弱的身体，令她兴奋、雀跃，甚至癫狂。她不知道自己哪儿来的力量和勇气，居然在黎明前的黑暗里，完成了好几项不可能完成的任务。直到有一天，她的上线高老师带着她和其他几名同志，站在党旗下，她才懵懵懂懂地知道，从今往后，她不再是一名普通的教会医院的护士，而是一名真正的共产主义战士了。相比那些令人激动的誓词，最让她难忘的还是油灯下，高老师那张朦胧的笑脸，含蓄、儒雅、亲切……尽管此时刘萍对这个比自己大不了几岁，却已是地下党组织重要人物的青年男人的了解，仅限于“高老师”三个字，但她年轻的心里早已悄悄种下爱恋的种子。此后的日子，命运似乎与刘萍开起了玩笑。她越是想见到高老师，人家的身影越是不再出现，甚至有传闻说他被秘密调离了。刘萍对自己还没有开始就结束的初恋，有些遗憾，却又在心底默默期待着奇迹出现的一天。

在积蓄和等待中，胜利的号角终于驱散寒冬的阴霾，早早将春天的气息带到了新的时代。在一片欢腾中，刘萍默默准备，即将按照组织安排，离开早已名存实亡的教会医院，到新的岗位开始新的人生。

经过精心打扮，刘萍带着护士特有的娴静，坐进了私人医生左木义的会客室里。她是以原教会医院护士的身份来应聘诊所护士的。左木义简单询问后，对她的经历和专业水准都比较满意，当即决定聘用她。刘萍一边表现出兴奋不已，连声感谢着，一边趁左木义带她四处熟悉环境的机会，暗暗将这个不大的小院，看了个清清楚楚。

这就是组织交给她的任务——到天安门城楼后身儿的影壁胡同三号院木义诊所应聘私人医院护士职位，并以此为掩护，了解医生左木义及与其有关的一切情况。尽管组织没有详细说明左木义的真实身份，但是刘萍早从那张每时每刻都挂着伪善笑容的脸上预感到这是个不好对付的家伙。刘萍年纪不大，可毕竟经过地下工作的历练，与狼为伍的胆量她自信满满，只是如此孤军奋战的情况，她可是大姑娘上轿头一回。在无助和紧张中，她不禁想起第一次与高老师假扮情侣完成情报递送任务的情景。那次她是真紧张啊，挽着高老师的手下意识地掐着人家的手臂，等任务结束时，她才发现，高老师白皙的手臂愣是被她掐出一片乌青。现如今，她能掐的大概只有自己的手臂了。

刘萍自然不会傻到自己掐自己的份上，她默念着领导安慰她的话——你就是一个护士，做好本职工作，什么都别管，大大方方住进了这个前院接待就诊、后院私宅住宿的木义诊所。

左木义惜语如金，除了必需的言语，多余的话一个字没有。刘萍也是安静惯了的，用不着多问，即刻就轻车熟路地进入了护士的角色。别看这个诊所不大，来看病的人可一点不少。左木义诊病仔细，药方开得仔细，加上后边不厌其烦地叮嘱……每个病人都会耽误个把钟头。这样一来，刘萍每天的时间都固定在诊所，根本无暇了解院子里的情况。一开始她有些心急，想尽快发现什么可疑情况，可后来想到领导的话，似乎隐隐品到其中深意。既然让她做好本职工作，当好护士，那她的工作重点就是诊所，是诊所里看病的医生和来看病的人。自从悟出这个道理，刘萍的生活又变得充实起来。她一方面按照医护惯例，做好护士的工作，另一方面偷偷记下每天来看病的人员、病情，以及左木义的诊治和药方。刘萍是个爱琢磨的人，没出半个月，她就从这些看似平常的病例记录中发现了规律——固定来诊所的只有两个人。一个是西班牙裔美国人劳伦斯，一个是长得很像新疆人的图书管理员陈超。劳伦斯每三天必来诊所一次，理由是调整忽高忽低的血压。陈超则会准时出现在每周六，诊所即将关门前的半小时，雷打不动地为他常年卧床的老母亲取回代煎的中药。二人与左木义关系熟络，经常获得进入后院私宅的特殊待遇。刘萍甚至觉得，有时候左木义是特意到后边等待与他们的会见。只是，这两个人从来没有同时出现过。

对于这个发现，刘萍十分兴奋。她虽然不知道这算不算有价值的情报，但是她觉得自己有必要而且应该马上将其传送到组织手中。可是，按照规定，她没有权利主动去找组织，只能被动等待组织派来的相关同志与她接头。

II

日子就这么不紧不慢地过去了。刘萍在等待的焦虑中，竟然收获了左木义的信任。他不像一开始那样对她爱答不理拒于千里之外了，开始将拿药、煎药等原本被他一个人把得紧紧的事情交代给她做了。有时候忙不过来，他甚至允许刘萍独自进入后院，帮他取来相关物品。这样，刘萍就得到了进入那个神秘后院的机会。不过，结果总是失望大于希望。后院就是一个标准的二进四合院。一共七八间房，天气渐暖了，却仍挂着厚厚的门帘，玻璃上还保留着防震时贴的米字纸条。院子里干干净净的，除了一口水井，连棵树都没有。刘萍特意用鞋跟感受了一下那些油光水滑的大青石板的地面，回声厚重，不像是藏有机关地道的声音。至于左木义的家人，刘萍只见过他的妻子——一个低眉顺目几乎不会说话的女人。令人没想到的是，推动一切向前发展的人，竟然就是这个女人。当然这都是后话。

这天天气异常暖和，一早就高高爬上头顶的老阳儿，发出强劲的威力，烤得冻得硬邦邦的泥土，发出春天的味道。刘萍穿着旧棉袍，在院子里晾晒药材，不一会儿就汗流浃背受不了了。她抬头看看天上蔚蓝的颜色，心里忽然多了几分焦躁。她已经在这个与世隔绝的小院子里，待了整整一个月了。除了偶尔传来的被她执拗地理解为枪炮声的异响，她对外边的世界一无所知。不是说解放军就要解放北平城了吗？怎么到现在一点儿动静都没有？连个跟新政府有关系的人都没有出现过。难道是组织把她给忘了？刘萍胡思乱想着，竟不知不觉间将手下的药材掰得粉碎。

“这些药材很贵的，请你不要浪费。”

忽然传来的生硬的声音，把刘萍吓了一跳。她猛地回过头，发现左夫人那张苍白得好像掉进面缸的脸几乎贴着自己的后脑勺。

“你怎么到前边来了？回去！”没等刘萍反应过来，左木义就像豹子一样扑过来，将左夫人拽着往后院走。

左夫人挣扎着，嘴里胡乱说着什么。刘萍支着耳朵仔细听着那些显然被有意压低的声音。一开始她以为自己听力有限，没听清对方说什么，直到二人转过垂花门，不见了身影，她才反应过来——哪里是自己耳朵不好，那个女人分明说的就是日本话，她想听也听不懂。联想到左木义粗壮的板寸头，幽青的胡茬，还有那双聚光聚到点儿上的豆眼儿……刘萍惊得几乎坐到地上——左木义是日本特务，与她每天打交道的竟是一帮日本鬼子！

“刘小姐，有病人。”门房老汪头儿阴沉着脸走过来通报。

刘萍一直对这个没有笑模样的老头发怵，此时更不知如何应对。幸亏来人是熟门熟路的劳伦斯。他操着西式中文，边跟刘萍打招呼，边拉着自己的客人往后院走。

“劳伦斯先生，外客不能进内宅。”老汪头儿尽忠职守着。

“我，我是外客吗？”劳伦斯耸耸肩，拍拍身边那个年轻人的肩膀，“这就更不是外人啦。左先生，等他等得眼睛都绿啦！”

听劳伦斯这么说，刘萍不禁放眼偷望那个新来的人。尽管以她的角度，看到的只是那人的背影，但她的心突然狂跳起来。那个颀长挺拔的身躯竟然那么熟悉，一股强烈的力量吸引着刘萍不顾一切地闯到前边，挡住二人的去路。

“劳伦斯先生，对不起，没有左先生吩咐，外客不能进入后宅，这是规矩。”说完，刘萍故作镇静地抬起头。

然后，一切就像凝固了似的，刘萍的眼前便只剩下那个劳伦斯的朋友，那个陌生又熟悉的人，那个她暗中等待和期盼了数月，却忽然从天而降的人——高老师。他好像比以前瘦了，可更精神了，脸上仍挂着儒雅谦和的笑容，头发吹得高高的，被发蜡焗着油汪汪地梳在脑后，露出宽阔饱满的额头；一双剑眉下，一对细长的眼睛发出温柔而明亮的光；挺直的鼻梁，还有那张给她讲过无数道理和故事的宽厚的嘴唇和两排亮晶晶的闪着贝壳一样光泽的牙齿，一切都没有变，那就是她的高老师。随着一句熟练的英文，远远地飘来，刘萍的意识回到了现实中。她终于发现，一双修长的大手早已伸在自己面前。

“护士小姐是不是不太习惯这种打招呼的方式？没关系，咱们入乡随俗。”高老师换上中文，自然地收回右手，双手顺势在胸前抱拳，“初次见面，请多关照。”

看似平常的一句话，警钟一样敲醒了完全失态的刘萍。她忽然意识到，高老师是在提醒她，不能暴露他们是旧相识，更要立即进入战备状态。七魂六魄瞬间回到体内，刘萍红着脸，做了个万福，像足了那种对青年才俊一见倾心的没见过什么世面的闺中少女。

“哎哟，都怪我，忘了介绍这位新朋友。”劳伦斯搂着高老师的肩膀，大大咧咧地说，“这位是我在使馆联谊会上刚认识的美国华侨，刚刚在美国获得医学学位的李鑫喆先生。这位小姐是木义诊所的首席护士刘萍女士。没准啊，你们马上就是同事了。”

“李先生是到诊所应聘的？”刘萍已经恢复平静，故意问道。

“鄙人正有此意，只是不知道左先生……”

“既然来了，就到内宅一叙吧。”不知何时左木义已经站在垂花门口，对聊得热闹的几个人，做出有请的手势。

望着几人走进后院，刘萍的心又开始狂跳起来。她没想到自己心底的期盼竟在这样不经意间变成了现实。一时间，她慌乱着，不知道该做些什么。忽然，她感到一束冰冷的目光，笼罩了她的全身。她立即意识到，那是老汪头儿在盯着自己。此时此刻，她必须牢记自己就是一个护士，除了做好手头的活计，不能有任何轻举妄动。于是，她继续耐心晾晒好药材，才迈着轻快的脚步回了诊室。

有时候，等待显然是徒劳的。那天以后，刘萍便再未见过化名李鑫喆的高老师。不仅如此，左木义还以时局混乱为由，基本禁止她随便出入大门了。不知是不是真如他所言，时局有变，短短几天，诊所的生意便冷清下来，除了劳伦斯、陈超仍然按时出现，别的病人几乎很少见了。看着那扇整天关得紧紧的大门，刘萍真想偷偷出去看看，外边到底发生了什么？新中国的脚步到底走到哪里了？可她已经隐隐感觉到一种神秘的气息，那大概就是决战前夕的宁静，黎明前的黑暗。她必须沉住气，等待上级的命令。可是，上级在哪儿呢？那个昙花一现的高老师又在哪儿呢？

III

刘萍是被一阵枪声惊醒的，她麻利地披衣起身，悄悄推开房门。她的宿舍在院子最角落的耳房，与通往二进院的垂花门形成一个死角，除了外院，什么都看不到。此时，外院黑黢黢的，没有任何异常。她判断，枪声来自后院，正犹豫要不要铤而走险，到后边一探虚实时，忽然被一个人撞了个满怀，定睛一看，竟是衣衫不整的左夫人。

“放我走，求你。”左夫人的中文不好，又无比惊慌。刘萍反应了一会儿才明白她的意思。可还没等她做出任何举动，老汪头儿提着灯笼铁青着脸挡在二人面前。紧接着，左木义也追了出来。他早已失去往日的绅士风度，身穿的白大褂上一片血污十分扎眼。

“拿出来。”他的声音冰冷彻骨。

左夫人使劲搂了搂怀里的盒子，颤抖着举起手里的枪，声嘶力竭地说了一大串日语。刘萍虽然听不懂，但从双方的表情看出，二人是在争夺左夫人手里那个精致的盒子。一阵短暂的争论后，左夫人的情绪忽然激动起来，她猛地将盒子高高举起，眼看就要摔在地上。刘萍完全是本能地扑过去，接过已经脱手的盒子，顺势滚在地上。几乎是同时，左夫人无声地如一袋面粉一样，扑通一声倒在地上。老汪头儿走过来，看了看吓得双目圆睁的刘萍，用脚踢了踢左夫人不再动弹的身体，蹲下身，手上稍一用力，拔出一把明晃晃的飞刀，边用手抹着上边的血迹，边摇晃着向刘萍走过去。刘萍吓得几乎忘了呼吸。

“等一等。”左木义制止了老汪头儿的行动。他把刘萍从地上拉起来，拿过那个盒子，打开看了看，才用日语说了些什么。老汪头儿点头称是后，拎着灯笼向自己的门房走去。

“刘小姐，不要怕，到了你发挥天使作用的时候了。”左木义显然已经恢复常态。他吩咐刘萍立即拿了医药箱，跟他到后院。

刘萍跟在左木义的后边，小跑着冲进西厢房的屋门。屋内，平时整齐的火炕早已被掀开，一条地道笔直地伸向地下。刘萍明白了这就是自己苦苦寻觅的密室。可她没想到的是，经过几道转弯，呈现在她面前的是一个设施齐全的实验室。只是这里显然刚刚经历了一场浩劫，几个瓶瓶罐罐被打得粉碎，碎玻璃和不明液体撒了一地。左木义打开门边的柜子，找出一套怪异的防护服，麻利地套在自己身上，才用手指着角落，向刘萍下达指令。

“去那里，把他给我弄过来。”

刘萍狐疑着走过一片狼藉，发现屋角的地上，一个穿着白大褂的人，一动不动趴在地上。她蹲下身，费力地将那人翻过来。昏暗的灯光下，一张熟悉的面孔清晰地呈现着。刘萍像是被电了似的，一屁股跌坐在地上——那宽阔的额头，白皙的面庞，分明就是她日夜期盼的高老师——李鑫喆。

“放心，他没死。他为我挡了子弹，我必须救他。”

在左木义提示下，刘萍迅速查看了李鑫喆的伤势。子弹打在右胸上，鲜血染红了大半个白大褂。此时此刻，时间就是生命，她必须让左木义为他止血、补充血浆。情急之下，她不知道哪来的力气，一把将昏迷的李鑫喆搭在了自己肩上，凭借惯性，几下就拽到左木义的面前。

左木义对这个瘦弱女子突然爆发出的力量有些吃惊，暗自庆幸自己阻止了老汪头儿的无谓杀戮。毕竟对他这个医生而言，每个身体都是最好的资源，不能轻易浪费。

就这样，在救治李鑫喆的过程中，刘萍不仅找到了秘密的实验室，更发现了设置在东厢房的手术室。到目前为止，除了坐北朝南的那三间正房，刘萍对这个小院的布局基本明晰。按照她的直觉，那三间正房下，也必有端倪。

可是，她现在不但没有机会进入正房，连出东厢房的权利都没有了。不知为何，自从那日手术后，左木义就将她和重伤昏迷的李鑫喆锁在了手术室。除了老汪头儿来送了两餐饭食，左木义再未出现过。刘萍自然也顾不上这些，她的心思全在照顾李鑫喆上。她相信，只要高老师在，就没有过不去的坎儿。

一天一夜后，李鑫喆终于醒了。看清眼前只有泪眼蒙眬的刘萍，他放松地笑了，等着刘萍喋喋不休地追问之后，才有气无力断断续续地念出两句诗："去年今日此门中，人面桃花相映红……"

刘萍听闻，以为他是伤得糊涂了，正要嗔怪，忽然听到不一样的后半句——"去年，桃花开的时候，你让我给你带什么来着？"

刘萍完全怔住了，一时间，掺杂着委屈、激动、焦躁、兴奋、庆幸、担忧等各种感觉的情愫一同涌上心头。她想哭又想笑，她想笑又笑不出来，只能扭曲着五官，呆呆地看着李鑫喆苍白得不见一丝血色的脸。

"是什么？忘啦？"李鑫喆微笑着，耐心等待着。

刘萍当然没忘。她日思夜想等了这么久，怎么能忘了那早已烙入骨髓的接头暗号呢？她只是想不到，想不到她日日期盼的两件事，居然在这种情况下合二为一。李鑫喆微弱的喘息声，终于提醒刘萍，消化所有情绪，用一名战士的姿态迎接这突如其来的喜悦。她故意定了定神，清了清嗓子，一字一句说出接头的暗号：

"胭脂，水粉，还有二两女儿红。"

"你好，刘萍同志。原谅我实在没有力气起来跟您握手了。"

"你，高老师，这，这一切都是怎么回事啊。"

"还得跟您道歉，那个高老师是我的化名，现在不用了。"

“那这个李鑫喆呢？”

“这可是真的，正经为了这次任务，花一百大洋从领事馆买来的……”

“那您就没有真名字？”

“当然有啊，只是……”

“我懂了，还没到让我知道的时候，对吧？”

李鑫喆真想再跟刘萍说一会儿话，怎奈伤痛袭来，他痛苦得几乎喘不过气来，只能无力地点点头，听着刘萍的声音越来越远……

看到李鑫喆再次昏睡过去，刘萍有些遗憾，又有点儿心疼。她真等不及要知道这一切都是怎么回事，可她更怕他伤情加重，痛苦遭罪。她只能那么看着、守着、等着那双紧闭的双眼再次睁开。不管怎么说，她都认为自己是世界上最幸福的人。命运真的听到她的召唤，不仅安排她与暗恋的人重逢，及时派来了组织接头人，而且将这两个身份合二为一。她不知道如何表达自己的满足和兴奋，只能暗下决心，一定要圆满完成任务。说实话，在这之前，她一直怀疑自己是否真能完成那个并不完全清楚的任务。现在就不同了，有了李鑫喆这个搭档，她真的什么都不怕了。

IV

几个小时之后，刘萍和李鑫喆都意识到他们低估了任务的困难和局势的凶险。此时的李鑫喆伤情加重，高烧不退，身上还冒出若干骇人的水疱。水疱迅速蔓延，几乎封闭了他的声带和气管。当他意识到，即使拼尽力气也要将一切与刘萍交代清楚的时候，他已经口不能言，唯有依靠艰难喘息维持生命了。

刘萍没想到李鑫喆的伤病突然恶化到这种地步，疯狂地砸门，要求左木义前来医治。左木义并没有放弃自己医生的职责，他早就料到李鑫喆的伤情会有如此突变。他和老汪头儿全副武装地来到东厢房，先用厚窗帘遮挡住外界的光线，后又进行了抽血、验尿等一系列常规检查后，才将从左夫人手里夺回的那个盒子交给刘萍。

“射中李先生的子弹带有复兴三号病毒，”左木义木然地说，“也许这个盒子里的东西能救他。只是作为医生，我必须强调一点，这些血清是未经临床试验的。我知道他们对抑制病毒会有作用，但不知道他们会带来什么样的后果。所以，我把最后的决定权交给你，刘小姐。鉴于你深度接触了病人，不排除半个月之后你也有染病的可能，你们好自为之。我会尽量为你们提供帮助。”

说罢，左木义留下些常用药，重新锁上房门，离开。

刘萍本想拼着一死，也要将李鑫喆弄出去医治。可是，从左木义进屋，她就感到李鑫喆一直在用他那只伤得无力挪动的手臂，有意无意地触碰着她的裤管。刘萍知道，他是在用自己的方式提醒她稳住，千万不能冲动。他怎么知道自己要铤而走险，要孤注一掷……没等房门锁好，刘萍就迫不及待地趴在李鑫喆身边，轻声提出自己的问题。李鑫喆焦急地喘息着，却说不出一个字。情急之下，刘萍找来纸笔，将李鑫喆扶起来，靠在自己身上……

靠在姑娘温热的胴体上，李鑫喆暗暗感谢组织给自己派了这样一个机敏、睿智的搭档，可他也不能不为自己的轻敌自责。就目前情况看，组织对这个隐藏多年的日本特务机关的定性是十分准确的。这个化名左木义的老牌日本特工，早在抗战时期就以行医为名，暗中从事情报搜集工作。日本战败后，左木义就地蛰伏，休养生息，伺机行动。如今，看到国共内战便要趁乱行动。组织上派刘萍先期打入诊所内部，就是要随时留意其变化，掌握实时情报。不想，左木义戒心极强，对自己周围的人和事保持着猎人般的警觉。为免打草惊蛇，组织上一直按兵不动，直到双料间谍劳伦斯出面，在美籍亚裔中寻找医生，他才被紧急抽调回城，接受了这个打入诊所担任医生助理的任务。只是，无论是组织还是他自己都没想到，贼心不死的左木义竟将自家宅院做了细菌研究的基地，妄图通过细菌武器破坏即将到来的北平和平解放。他一被招募就被控制在西厢房的实验室里，在左木义带领下，进行血清试验。直到那天，长期忍受高压折磨的左夫人情绪崩溃，夜闯实验室，举枪逼迫左木义交出血清，放她回国……

枪响的时候，李鑫喆想都没想，就挡在了左木义身前。他虽不知道自己的任务该如何完成，但他十分清楚，在没搞清对方目的之前，就是拼了自己的性命，也不能让左木义死了。他是在倒地的一瞬间，脑子里冒出来细菌武器这个词的。剧痛和失血造成的昏厥中，他再次认定那个盒子里装着的不是细菌就是血清疫苗。可惜，他已经无力去取得那个宝贵的盒子了。

当他从伤痛中醒来，看到泪眼婆娑的刘萍，听她用机关枪一样的语速讲述了后面发生的事情后，他的欣慰和感激随着暂时放松带来的疲惫和虚弱淹没了他。他只记得自己想到了他与刘萍第一次联合执行任务时也是这样默契地互相配合，就又昏了过去……

再次醒来，他变成了现在的样子。高烧，水疱，呼吸困难得几乎窒息。他知道自己被病毒感染了，却不知道病毒来自那颗射伤他的子弹还是手术中左木义的植入。目前看来，一切都明白了，左夫人用带有病毒的子弹射伤了他。左木义觉得天降实验标本，索性将他救活，等待病毒发作，继续进行活体研究。那个盒子里就是他自己亲自提取的，在显微镜下成分极其复杂的治病血清。

理清了思路，李鑫喆却口不能言，无法将一切告诉自己的搭档。正在起急上火的时候，刘萍用自己的身体支撑起他无力抬起的头颅。尽管如此，他觉得自己虚弱至极，随时会再度昏迷。他不知道再睡过去，自己还能不能醒过来，只知道不给刘萍讲清楚任务的关键，他死不瞑目。为了节省气力，他只能先把关键词句写在纸上，希望刘萍发挥想象，做出正确理解。他写得很吃力，字迹也很潦草难认，可不知为什么，他坚信刘萍能看懂他的意思。

写完最后一个字，李鑫喆累得连睁眼的力气都没有了。他靠在刘萍身上，大口大口倒着气，耳朵却仔细分辨着刘萍按照自己的理解，复原事情的来龙去脉和任务的关键点。等刘萍聪慧地复述了一切，表示自己都明白的时候，李鑫喆深深舒了口气，他想用手拍拍刘萍扶着他身体的手臂表示赞赏，怎奈无力使然，夸奖的拍打变成了暧昧的抚摸……

刘萍不可避免地误会了，她心脏狂跳着，一把攥住了那只滚烫的手。

“你放心，有我在，保证完成任务。可有一样——”刘萍将李鑫喆重新安顿在床上，盯着他，欲言又止，没有说下去。

李鑫喆没听到后话，费力地睁开眼睛，用目光询问下文，只看到刘萍的眼里忽然涌出了两汪清泉。

“你——不许死。再苦再疼，你也得撑着，永远都不许先离开我。”

李鑫喆本就是那种善解人意的男人，此时听到搭档这样说，立即明白了这个在自己眼中一直是个小女孩的搭档的心思。他没想到，大限将至的时候，爱情的甜蜜会以这样的方式降临到他的身上。一瞬间，他忽然感到一阵轻松和幸福。即使已经无力睁开双眼，他也尽量用力回握住那只攥着他的小手。他在心里使劲儿地答应着，他会陪着她，坚持到生命的最后一刻。

V

刘萍骨子里的果敢大概就是在李鑫喆濒死时第一次强劲爆发的。交代清楚任务关键点的李鑫喆终于体力不支，陷入昏迷。刘萍使出浑身解数，也无法减轻病毒的侵袭。眼看着李鑫喆的呼吸越来越虚弱，刘萍别无选择地打开了那个要了左夫人命的盒子。她深知以左木义的科研精神，他必将在李鑫喆死前将血清注入他的体内观察反应。现在之所以还没有动手，肯定是在等待她这个亲密接触病毒源的人先倒下，再同时注入，进行比较分析。可奇怪的是，她这么照顾着李鑫喆，怎么没有一点儿发病的迹象呢？难道是自己的体质太好了？

同样的问题也在困扰着左木义。他左思右想，认为答案只有一个——自己苦苦研发的细菌病毒威力太弱，无法通过空气传播。在无比沮丧中，他不得不拿着沾了病毒药液的匕首，去偷袭已经疲惫不堪的刘萍。哪知刚到隔离室门口，就听到里边传来嘶哑的求救声：

“救命，救命，放我出去，求你们放我出去。”

左木义兴奋地趴在窗缝往里看。只见刘萍满脸通红，虚弱地趴在地上，一副垂死挣扎的样子。看来，病毒终于发作了。

“快，把盒子里的血清给李鑫喆打进去，打进去我就救你。”

“我打了，没用啊，我自己也打了。啊，难受……难受死了，救我，救我啊。”

“哦？这样也好。你先说你自己，什么时候开始发热的，具体病症表现是什么？”

“疼，浑身疼。我……”

“慢慢说，别着急，越详细越好。”

左木义又进入了科研状态，他拿着笔记本，详细记载着刘萍的发病过程。刘萍耐着性子应付着，诉说着……是的，她是发烧了，可她比谁都清楚，那是她自己给自己打了血清之后的正常的生理反应。她并不高深的医学常识告诉她，那些所谓的血清，就是带有病毒的疫苗，注射到正常的肌体上，如果产生发热等症状，便证明正在形成抗体，起到抵御病毒的作用。如果产生其他激烈反应或者毫无反应，便是不可用或是无用的。所以，她果断地给自己注射了血清，并在两个小时之后出现了发热、嗓子疼等症状。还没等她给李鑫喆注射，左木义就来了。为了防止他的过激行为，刘萍故意放大自己的病症，为自己救治李鑫喆争取时间。左木义果然上当了，得到第一手资料后，他便一头扎进了实验室，再没来烦过他们。刘萍忍着身体的不适，给李鑫喆灌下半碗米汤，才鼓足精神，拿起抽取了血清的针管。

“高老师，你可答应我了啊，不能说话不算话。你放心吧，这药要是有事儿，我先完蛋，我给自己打了两针。看，还是棒棒的，就是发烧，烧得我浑身发冷。行，咱先来一针试试啊。”

说着，刘萍麻利地将血清注射进李鑫喆的血管。接下来，便只有等待了……

刘萍看着昏睡中的李鑫喆，第一次觉得自己跟他比，也没那么差了。最起码，现在的他，恢复了20岁出头的稚嫩，乖乖地睡着，像一只生病的小猫。而她则像守在孩子身边的母亲，成熟、宁静，充满母性的力量。这是刘萍第一次想到母性这个词，想到为人妻、为人母的将来，她的脸不由红了。

“你会陪着我的是吧，高老师？”

李鑫喆就这样被刘萍的鲁莽救活了。烧退了，水疱开始慢慢萎缩，人也在深度昏迷三天后睁开了眼睛。

屋内仍被厚窗帘遮挡着分不出昼夜。唯一的光亮来自桌上那盏油灯。随着意识缓慢恢复，李鑫喆判断自己并没有死，仍躺在东厢房的病床上。他活动了一下四肢，确认除了胸前的伤口，别的地方零件齐全，只是依旧酸软无力。忽然，他想起刘萍。那个好像一直攥着他的手，吵着不让他睡的小丫头去哪儿了？难道……李鑫喆心中一凛，挣扎着要坐起身。

门在这时开了，阵阵寒气卷着一个瘦小的身影扑进屋里，接着是慌乱地锁门声。

“至于那么害怕吗？看我，这么多天了都没事。真是……小日本就是事多。”说是这么说，刘萍放下垃圾桶，第一件事就是扤水，洗手。

“小刘，刘……萍，刘萍……”

不知哪里传来沙哑、微弱的声音，刘萍怔了怔，摇摇头，继续洗手。

“水……我想……喝……”

声音继续传来，刘萍猛地转过身子，看到病床上，李鑫喆蠕动着探出大半个身子。

“高……不是，你，醒啦，醒啦！”

刘萍三步并作两步奔过去，一把抱住李鑫喆的身体，情不自禁地摇着。

“啊——疼……”

“对不起，对不起，我忘了，忘了。”

李鑫喆的呻吟让刘萍瞬间意识到，自己所有的担心、表白、诉说都发生在人家昏迷的时候。此时的他们，还是从前并不十分熟络的两个陌生人，什么都没有改变。她安抚好有些失落又难免兴奋的心情，红着脸，给李鑫喆喂了水，又安置他重新躺好，才一五一十地把这两天的事向他做了汇报。

“今天几号？”

李鑫喆果然迅速回到了战斗状态。从刘萍的讲述中，他敏锐地分析出敌人的企图，想到之前的预定方案，不禁心急如焚。按照约定，如果二月底仍得不到刘萍和李鑫喆的任何信息，组织上将派人强取诊所，放弃长线深挖的计划。

“我们现在还不知道他们的整个阴谋，不能莽撞。”李鑫喆焦急地思考着。

“可我们出不去，更送不出情报……”

“那就弄出点儿动静来。现在北平解放了，咱们在明，他们在暗，怕的是他们。”李鑫喆为自己计划兴奋着，“到时候，你趁机逃跑……”

“不行，我不能丢下你。”

“同志，情报……”李鑫喆情急，激动地要坐起来，不小心牵动伤口，疼得说不下去，“啊……”

刘萍赶紧用纱布按住那个又冒出脓血的伤口，心疼得红了眼睛。

“小刘啊，你听我说……”李鑫喆喘息着熬过伤痛，尽量缓和着语气，“我，我现在，根本走不了，也，也不能走……你，懂吗？”

“不行，背我也要把你背走！”

“你，你怎么就……”李鑫喆急得气短，大口喘息着。

“我明白你的意思。可你想过没有，我走了，敌人的计划还会照旧吗？他们还会留着你这个活体标本吗？”

刘萍的话正说在点上。左木义虽是特务，但更是痴迷医学研究的学者。这种人必定会被上级组织把控，更离不开各方面的支持和接应。按照现有情况，他们只掌握了左木义和老汪头儿，其他一概不知，就连那两个关系较密切的劳伦斯和陈超的情况也了解不多，只知道劳伦斯的双料间谍身份，至于他与日本间谍之间的关系，其在整个计划中的作用都一概不知。陈超的情况是刘萍发现的，李鑫喆直觉他不是普通的病人，但由于没有深入调查，更不知道组织上是否掌握此情况，也不能轻举妄动。加上连日隔离养病，他们对左木义的行动和实时情况更是一无所知。此时离开，与等待组织强攻，没有什么区别。

“对不起，我……我心急了。”李鑫喆心里只担心两件事，一个是情报的传递，一个就是这个年轻女孩的安危。至于他自己，他几乎没有活着离开这个院子的可能。

“高，不对，老师，我，我就是觉得吧，既然组织上把这个任务交给咱俩了，咱俩就是一个绳上的蚂蚱，谁都不能先跑，也……”

“也不许先死，对吧？”

李鑫喆忽然重复了刘萍在他昏迷时说的悄悄话，弄得姑娘的脸红成了大苹果。

“其实，我当时就，就答应你了，只是，我那会儿……没力气，声音太小……你……没听见。”李鑫喆说着，向刘萍伸出了手。刘萍迟疑着，终于爽快地再次握住了那只修长的大手：“只要你不让我先走，怎么都成。”

两只手就这样紧紧握着，许久都没有松开。而这也成了日后刘萍重复了无数次的梦境，以至于到后来，她自己都不知道，这双手相握的情景是否真实发生过。可那温热的、甜蜜的感觉，似乎再未从刘萍的掌间消失，一年、十年、十几年、几十年……

VI

当天夜里，刘萍就按照李鑫喆的指点，弄出了“动静”。她将煤油和东厢房里所有的化学制剂融合，很容易就造成了黑烟滚滚、烈火熊熊的危险效果。在强劲的西北风的助力下，刺耳的警报声和救火车的“咣当”声很快就响彻了夜空。而左木义果然不舍得自己一手培养的活体标本葬身火海，冒着被传染的危险，将李鑫喆和刘萍转移到正房中的一间。

火灾引来了刚刚接管当地治安，穿着带有“北平军事管制委员会”标识军装的警察。几个荷枪实弹的大兵，在街道积极分子的簇拥下，名正言顺地闯进了这个神秘的小院。本就烟大于火的火势很快被控制了，消防人员边收拾残局边分析起火原因。左木义忙着点烟送茶，还拿出银圆要犒劳“长官”。

“先生，我们是人民公安，您这么做可就是见外了。”领导模样的人自我介绍着表明身份。原来这位就是刚接管国民党派出所的中共地下党员李国强。

“是，是。我这个思想上还要加强学习，不再给政府添乱……”左木义见贿赂不成，赶紧开始自我批评，目的只有一个，把这些“瘟神”送走。

“是啊，您看您这院里不是通电了吗，怎么还点油灯啊？这屋里还这么多化学制剂，这样太危险啦。”李国强说得有理有据，语重心长。

“是，是。我，我这不是吝啬了，吝啬了嘛。”

“嗯，知错就改还是好同志嘛。这样，为了你好，也为了咱们这片居民的安全，我们给您这院进行一次安全大检查。您没意见吧？”

“啊？这……”

“怎么？不方便？”

“不是，不是。我这院里，有病人，而且是传染病，我怕……”

“不怕，我们战士都是冒着枪林弹雨过来的，蒋家王朝都打跑了，还怕病毒，是不是，同志们？”

“是！”几个民警应和着，就要开始检查。左木义失态地挡住众人，眼珠子滴溜乱转想着对策。老汪头儿忽然拎着个包袱走过来解围：“先生，老总们都是为咱们好，咱们也不能不领情不是？这样吧，给老总们都发个口罩，免得染上毛病。”

“好，同志们，咱们感谢左大夫为咱们着想，都戴上口罩，做好防护，有什么安全隐患，及时指出来，避免再发生危险。”

“是！”

听着外边的对话，李鑫喆终于松了口气。他们的目的达到了，剩下的就看刘萍的了。他那本就虚弱的身体，经过这一夜的折腾，着实有些吃不消。可他又担心刘萍见到自己人情绪激动，暴露了身份，只能强打着精神，半靠在床头等着民警们进来。

“哟，这就是病房吧？得，重灾区，我亲自来，你们到别处检查。”

话音未落，李国强已经推门进来了。左木义紧张地跟在后边。

“长官，危险，病人正在传染期。您……”

李国强并不理会，箭一样的目光迅速与床上的李鑫喆对视了一眼。老侦查员的默契不需要语言。李鑫喆瞬间放心了，他知道组织上一直关注着他们的动向，已经理解并完美利用了他们制造的“动静”。

“哎哟，这位先生，病得不轻啊？”李国强故意走过去，伸出手，向病人表示慰问，“您好，我是这片的派出所所长李国强。”

李鑫喆立即伸出右手，两只大手紧紧地握在一起。

“长官，小心传染。”刘萍故意咋呼着。

“是啊，是啊，长官，您……”左木义赶紧应和。

“行了，哪儿那么邪乎，握个手嘛。”

李国强大大咧咧地又四处看了看，才喋喋不休地叮嘱着离开病房。

自己人就这么走了，刘萍好不甘心，小碎步跟着，几乎要将李国强拽住。

“哎哟，小刘，快……我，我……”李鑫喆忽然轻声呻吟起来。刘萍不得不返回来：“老师，您，怎么了？是不是伤口，伤口又……”

见左木义等人已经关门离开，李鑫喆才收起痛苦的表情，坏笑着看着刘萍。

“你，你唬人？”

“不唬你，你就跟着人家所长走了。”李鑫喆故意嗔怪着，“快，扶我坐起来。”

刘萍噘着小嘴，帮李鑫喆坐起身，嘴上并不服输：“我是不想浪费这个机会。”

“浪费不了。刘萍，咱们成功啦！”李鑫喆疲惫地靠在枕头上，灰白的脸上因兴奋泛出一抹红晕，“你看，这是什么？”

说着，李鑫喆伸出右手，一个小巧的纸三角乖巧地躺在他宽大的手心里。

“快，你去把风。”

刘萍会意，赶紧趴在窗户边。李鑫喆迅速打开李国强留下的信，仔细看了两遍后，将纸条送到嘴里，吞咽下去。

刘萍默默看着李鑫喆做完一切，歪在枕头上闭目养神，心里除了由衷的钦佩和爱恋，也种下专业人员无论处于何种境地都要保持特有的职业素养的种子，尽管当时她还不知道这粒种子在她今后几十年的职业生涯中的意义和作用。

李鑫喆稍事休息就严肃地向刘萍传达了李国强信上的内容。原来，组织对左木义的间谍活动一直高度关注并从各方面获取了相关情报。就可靠消息，左木义正在其上级组织的指挥下，积极策划一场破坏活动。

“所以，组织命令我们，继续潜伏，积极搜集情报，里应外合，一举破坏敌人的阴谋。”

“可我们的情报怎么传递出去啊？”

“李所长他们早就发现你每天被老汪头儿看着倒垃圾的情

况，咱们以后就把情报混在垃圾里，每天都会有专门的同志去翻找。对了，还有一条，倒垃圾时你要眼明手快，上级给我们的信息会藏在垃圾站最外边的那块石头底下，你要想办法取回来。”

“没问题。他们现在对咱们的防备好像没有刚开始那么严了。”

“那也要千万小心，切不可轻举妄动。细菌武器的危害太大，他们一旦得逞后果不堪设想啊。就是没有造成人员伤害，他们的行动也会对新中国的成立和未来建设造成致命影响。”

“新中国？”

“对啊，就是我们一直说的——”

“没有剥削和压迫，人人平等幸福的——新中国！”

接着，李鑫喆又详细介绍了外边的情景和即将在北平举行新中国成立庆典的消息。许是隔离得太久了，抑或是离开组织的怀抱时间太长了，两人无法抑制地重复着刚刚获得的点滴消息。他们憧憬着庆典，憧憬着未来，仿佛已经置身于让北平旧貌换新颜的滚滚洪流中。老地工的基本素质要求李鑫喆必须在最短时间内恢复常态。可他真的不忍心提醒那个刚刚与自己经历了生死，好容易看到胜利曙光的年轻女孩，重新回到阴暗危险的现状中。他只让自己住了口，静静地看着刘萍兴奋地像小鸟一样在屋子里飘来飘去。敏感的刘萍随后也意识到现在还不到高兴的时候，只有圆满完成任务，她和她的高老师，才有资格、有条件彻底放松地庆祝胜利。至于前路还有多少曲折和坎坷，她不想知道，她深深地相信，那一天不会远了，高老师一定会将她带到胜利的彼岸。到那时，她会告诉他一句话，一句藏在她心底很久的话……

第三章　师徒眼中的陈年尸骸

I

坐在高干病房的单间，看着一应俱全的现代化设施，老周不禁感叹21世纪真是个科技高速发展的时代，自己早已落伍，必须放下一切，退休回家了。看着大夫、护士围着刚刚安然入睡的刘萍老太太嘀咕了好一会儿，又浩浩荡荡地走了，老周暗笑，洪木木的馊主意在科学面前也没什么实效。这吃下去的东西，不可能完完整整地出来，更何况那是一张小小的纸条。

关于1949年前后的那段故事，老周断断续续听刘萍念叨过。可是，这些纸三角，还有纸三角的故事，老周都是第一次听说。虽说活了将近一个甲子，但让老周理解和想象一个人藏在心底70年的事情，还是有些难度。更何况，这些事还跟国安部门刚刚跟进的一起疑似间谍案件有关。老周明显觉得脑子有些不够使的，一天来发生的事情潮水般涌来，脸上被误抓时蹭破的表皮也隐隐作痛般提醒他刚刚经受的不白之冤。最可气的是，国安部门到现在也没有详细透露具体案情。

按照刘萍头脑清醒时讲过的历史，那段故事是可以肯定的。70年前，日本间谍组织妄图用细菌武器破坏即将成立的新中国。北平地下党组织命令当时还是地下党员的刘萍、李鑫喆到日本间谍的老巢卧底，成功粉碎敌人的阴谋。新中国成立后，刘萍进入公安机关，开始了自己平凡而伟大的一生。李鑫喆奉命继续执行潜伏任务，跟着某组织去往海外。

再后来，老周就只能根据刘萍的生活细节推测了。多年来，每到国庆节前，不管多忙，她都会到天安门广场，从人民英雄纪念碑到天安门城楼，再经过中山公园、劳动人民文化宫转上整整一大圈。以前身体好，她从来不让人陪着。这两年，身体衰老，加上老年痴呆症越来越严重，老周都会提前安排，满足她这多年的习惯。直到去年，老周才发现一个秘密，刘萍兜兜转转一大圈，最终的目的地是太庙南墙根儿的那棵老柏树。他特意看过，除了有些年头，那棵树并没什么特别。今年，适逢大庆，老周又忙于盯着影壁胡同三号院的情况，一时忘了刘萍的大事，才造成她偷偷离家出走及后边的麻烦。一开始，老周还以为老年痴呆症患者短期记忆丧失，刘萍只记得从前，混淆了现实与过去。可这70个纸三角现身后，老周隐隐感到其中个人情愫的味道。难道分别前，刘萍和李鑫喆另有所约，用自己的方式在那个非凡的时期，保持特殊的联络？要真是那样，这约定可真称得上是世纪之约了。

可惜，刘萍真的太老了，很多细节她已经记不清，更表达不清了。今天的事就是在无数个巧合中产生的误会。一切还要从不久前，国安部门截获的一份情报说起。

近日，一多年前即被废弃的情报传递系统忽然出现神秘信息，引起国安部门高度重视。经追查信息来源，发现一可疑人员已经入境。该人到京后，一直忙于商业会议，并无可疑举动，唯一算得上疑点的是，他曾在天安门地区及周边胡同游玩一日，并在影壁胡同三号院专门打听了房主情况。为此，国安部门派人专门盯着该院子，直到今日无名遗骸被发现。与此同时，在神秘信息提到的唯一地点——劳动人民文化宫太庙，负责蹲守的侦查员发现了行动可疑的刘萍。一大早，她就站在太庙南墙根儿下，围着那几棵大树，东张西望了好一会儿。忽然，她从兜里掏出什么，迅速塞进一个不仔细看根本看不到的树洞。侦查员迅速出击，可还是晚了一步，眼睁睁地看到老太太不知从什么地方拿出一个白色的纸条，迅速浏览了一下，忽然一张嘴，将纸条吞了下去，然后，望着一早被她发现的国安便衣，露出慈祥的“姨母笑”。便衣无奈，只能将老太太请到一边控制起来，继续等待可疑人员出现。果然，没多久，老周来了……

多亏影壁胡同三号院发现尸骸，惊动了各路“真神”。几家对质，才知大水冲了龙王庙，一家人不认识一家人。老周的嫌疑算是洗清了。可刘萍的怪异行为，以及从她家里搜出来的几十个同款接头“纸三角”还需要一个合理的解释。

所以，老周才拿了那个盒子，来找刘萍讨说法。谁想，老太太讲了那个惊险的卧底故事后就睡着了。她睡得那么踏实、恬静，还带着少女才有的娇羞，全然不顾医院外边，公安、国安十几口子人，眼巴巴地等着她解释那神秘的纸三角密信的下文……

此时，看着这个平日里说一不二、雷厉风行的干妈和事业上的前辈，老周心里有种说不出的感觉，酸涩而又甜蜜。刘萍终生未嫁，或许就为了这什么“高老师”。老周着实为她不值，可也能理解那种经历了生死的感情的坚贞。他和自己老婆的感情就是因为没经过生死考验，才那么轻易就放弃了。得来太容易的幸福，女人都不会珍惜。老周没想到刘萍的事能让自己想起那段离了快20年的婚姻。对于个人的私事，老周已经习惯自觉屏蔽了，更不会做出主观评判。他立即阻断情绪，将思维集中到自己辖区发现的尸骸上。那个忽然冒出来的尸骸到底是谁？这一切与他十几年的守望又有什么关系？老周希望一切尽快结束，又担心自己承受不了最终的结局，就像他还不能想象即将开始的退休生活一样。一个人，回到空落落的家中，他将怎样？真的脱去这身警服，他将怎么样活着？一切都是未知数，对此，老周唯有等待，然后接受。

II

洪木木终于过上了他向往已久的紧张、刺激的真正警察的生活。只是，紧张过头了，刺激也大发了。他单薄的小身板和稚嫩的小心脏有些承受不起。

先是饶志国委以重任，让他充当所里与市局、国安部门的联络员，互通信息，打听情报。后来，刘萍来了。他又变成伺候公安老前辈刘萍的乖孙子和勤务员。好容易老太太睡着了，老周又安排他守住发现尸骸的现场，防止任何无关人员进入。可怜他，劳累一天了还要到刚刚挖出了人骨头的土坑边蹲守。

洪木木平时最爱看盗墓小说，这回真守在这坟坑边上，又是半夜里，忽然刮起了这个季节不多见的北风，那滋味可就不是

“身临其境”能形容的了。切身感受，加上不可抑制的各种想象，洪木木终是被自己吓得呼吸急促，手脚冰凉，一分钟也待不下去了。他边想着如何应对老周的责问，边蹑手蹑脚地往大门口溜。忽然，一个白影忽忽悠悠，忽忽悠悠，由远及近地飘了过来，眼看就要撞到洪木木的鼻尖。原始的恐惧刺激着洪木木的神经，一声本能的惊叫从心底发射出来，可那声叫喊被他干涸了一天的嗓子眼儿给截住了……他就这么大张着嘴，亲历了一场鬼变活人的惊心动魄。好在警察的职业素养及时回归，他立即反应过来这个装神弄鬼的家伙，正是师父老周让他等的人。顾上多想，洪木木深提一口气，脚底用力，一个箭步就扑了上去……

第二天早点名，洪木木破天荒头一次没有出现，更没有请假。但是，“洪木木只身抓鬼的事迹”，他这个当事人不出现，一点儿都不影响其传播的速度和广度。不一会儿，全所上下都在谈论这起百年不遇的奇事。不过，大家着力点并不在事件本身，而是事情的主角洪木木。在大家的传颂中，洪木木苦心装扮的勤劳、勇敢、睿智、灵活的有为青年人设，瞬间崩塌，取而代之的是盗墓小说看多了的“妈宝男”形象。

洪木木用被子隔绝着自己与外界的联系。他懊恼、委屈，可又无处申辩。谁能想到大半夜，那个从来没出现过的房主会从天而降？哪项法律规定，在刚刚挖走尸骸的凶宅现场，警察不能有任何恐惧和害怕？都怪那个叫什么“和平”的房主，早不来晚不来，偏偏在那个时候出现。更怪师父老周，平白无故地让他守什么现场，摆明了要让他出丑。

洪木木胡思乱想着，也不知道过了多久，忽然被一股好闻的味道刺激了生理反应，肚子不客气地叫起来，嘴里也莫名分泌出很多液体。洪木木使劲儿咽了口唾沫，小心分辨着气味的来源。

那是混合着卤水豆浆的焦煳味和植物油炸出的新鲜油条香味的诱人气息，又香又甜的味道里还掺杂了一点儿咸鲜……肯定是食堂庞师傅最拿手的什锦豆腐脑和软炸糖油饼。洪木木想象着，几乎掀翻被子坐起来。可他忽然想到，食堂远在一楼最深远的角落，香味儿怎么会如此清晰地飘过来？肯定是有人来了。他立即警觉地竖起了耳朵。

“嗯哼！”一声低沉的咳嗽声，带着无形的威力，穿透被子的纤维，传到洪木木的身上。条件反射一般，刚才还有一万个理由赖在被子里的小子，“腾”地一下，衣冠整齐地站在了地上。

“师，师父。”

“知道你累了，那也不能不参加点名啊？”老周指指桌上的饭盆，“吃点东西，愿意睡接着睡。”

“师父，我不是，我是……唉！”

“不就是吓着了吗？那种情况，搁谁也得吓尿了。你小子不错，不但没尿，还知道还手抵抗。行！”老周拿出烟盒，慢悠悠地看着洪木木，“可就一样，你这擒拿格斗是语文老师教的吧？关键时刻掉链子啊！”

“不是，师父，是那人太厉害了，无影腿、凌云飞步啊，我那两下子哪儿招架得住啊。”洪木木揉着仍在隐隐作痛的肋骨，回想起昨晚自己最失败的举动——打不过人家，还大喊“来人啊，抓鬼啊！”简直是糗大了。

“也是难为你了，那小子地坛公园撂跤的出身，年轻时候五六个人近不了身。现如今岁数大了，可玩儿你还不跟弄个小鸡仔似的。”

“这么说，师父您认识那什么‘和平’？”

“认识？嘿嘿，何止啊！”

关键时候，老周忽然住了口。洪木木也不好多问，千恩万谢着享受了师父亲自送来的早餐，边吃边反思着自己情绪失控的真正原因是能量失衡，碳水化合物摄入不够引发的阵发性抑郁。果然，一大碗豆腐脑，外加三个糖油饼下肚，洪木木满血复活，瞬间恢复了以前人见人爱的“小奶狗”形象。其实，大家都是被庸常的日常生活消磨得过于敏感了，稍微有点儿新鲜事就会呈几何形放大。不过，过完了嘴瘾的众人，多少也会想到曾经的自己，说笑一阵也就过去了。谁还会揪着不放，说个没完？更何况，洪木木之前的工夫没有白费，所里很多大家忽略的或者不爱干的大事小情，早已离不开这个热情的小伙子。

正在大家早已忘了这个所谓“闹鬼风波”的时候，所里来了个人，将整件事又推上了一个小高潮。这个人就是饶志国的夫人——李颖丽。洪木木早听说饶所的夫人在天安门管片区当巡警。两口子三天两头加班，也没孩子，家又住得远，就把饶志国的办公室当成了第二个家。李颖丽也成了所里的编外民警，内勤忙不过来的事儿，她经常捎带手就干了。近期，李颖丽参加外省培训没在京，洪木木才只闻其名，未见其人。

李颖丽来的时候，洪木木正撅着屁股给内勤组连接网线。

“啊，鬼啊，闹鬼啦！”

撕心裂肺的尖叫，惊得洪木木双腿一软，跪在地上。

“哈哈哈……”

寻声望去，洪木木看到一个抹着红嘴唇、梳着丸子头的女人，正对着自己笑得前仰后合。从他的角度看，这女人身材颀长，超比例大长腿下踩着一双10厘米的高跟鞋。完美的身材衬托着一张精致的淡妆下清秀却难掩年纪的脸。

“又吓着了，小毛头？”女人笑够了，伸出手，“认识一下，我是李颖丽。”

崩豆似的语速，加上一口京片子，洪木木着实反应了一会儿才明白这就是大家嘴里的“嫂子”。情商再低的人这时候也不会发火，更何况是古灵精怪的洪木木。他一骨碌爬起来，双手在裤子上使劲儿抹了抹才一把握住那只纤细的小手，嘴上还连连念叨着，嫂子好，早听大家念叨，终得一见无比幸运之类的客气话。

“哟，小毛头这么会说话啦？真是……嗨……”李颖丽忽然语塞了，“别怪你嫂子没溜儿啊。我就这么一人，时间长了你就知道了。你，人没事儿吧？听说还让那个“死鬼”给打了？”说着，李颖丽一点儿不见外的，开始在洪木木身上乱摸起来。洪木木囧得满脸通红，四处躲闪。

“嘿，你这小破孩，人不大，事儿不少。行，我还不管了，省得你到时候告我性骚扰。”

李颖丽说走就走，高跟鞋声响彻楼道。洪木木抹抹头上的汗，心里念叨，真是好事不出门，坏事传千里。不过，这个所长夫人大老远跑回来，头件事就来招惹他这个实习生，也是够闲的。想到这，洪木木心里一跳，一种莫名的疑问浮上心头。从李颖丽对他的态度，他可以百分百肯定，她认识他，甚至对他的情况十分了解，至少比相处了二十多天的老周熟悉。这是为什么？难道她跟自己要解的谜团有关？洪木木的小心脏不由狂跳了两下。

III

老周居然请洪木木吃饭，太奇怪了！

洪木木一开始根本不相信微信上那条语音是老周发的，反复听了好几遍，确认那沙哑低沉的声音的确非老周莫属后，才抱着吃鸿门宴的悲壮，小心翼翼地走进一哥面馆。

外边看着很普通的小面馆，里边倒很干净雅致。洪木木还没站定，老板一口正宗京片子就招呼上了：

“来了您，随便坐哈。”

“这，这里有包间？”

“哦，周Sir的徒弟吧？里边儿，顺墙根儿，直溜儿往里，紧东头‘影壁胡同’，周Sir老地儿。”

影壁胡同，又是影壁胡同。洪木木暗叫，老周是多爱这个地方啊，连吃饭都不放过这几个字。按照老板的指点，他一路走去，才发现这个饭馆属茶壶的，口小肚大。穿过一个窄道，后边一整排都是包间。包间的名字也有意思，一水儿的老北京胡同名，什么“芝麻胡同”“金鱼胡同”“帽儿胡同”“烟袋斜街”……光看着名字，洪木木就过了一把北京胡同一日游的瘾。

服务员一身红裤绿袄的老北京怯丫头打扮，遗憾的是一张嘴就一口大碴子味儿——“影壁胡同来客一位。”

洪木木忍不住暗笑，这里真是个多元化城市。本土老板想在这世界里寻摸正宗的北京大妞当服务员，真是难为他了。

包间里，老周已经在吃花生米，见洪木木进来，扬扬下巴，算是打招呼。洪木木故意谦卑地套近乎：

“师父，我来啦。这小地儿真不错。”

“你那舌头要是捋不直就别学那儿化音，听着别扭。”

“哦，您这话说的，我不就想多学点北京口音，好拉进跟群众的距离吗？”

“没事儿，群众满世界的都有了，用不着北京味儿，只要您不整那洋文，胡同里都能找着一地界儿的。”

“得嘞。”

“嘿，还学，杠头是吧？”

“没问题的啦，师父啊，您老人家就好好吃茶吧！”

洪木木故意学的广东腔终于逗乐了老周。他那阴沉了一上午的脸，总算出现多云转晴的迹象。

其实，老周让洪木木来吃饭，没别的意思，是真把他当徒弟，陪他来压压场子。而且，一开场的这顿抢白说明，老周心里已经认了这个徒弟。只是洪木木是南方长大的孩子，哪里明白，在老北京之间，互相挤对的才是亲人、亲兄弟。那种互相敬重、客套着的，才是外道人。

见师父脸上有了笑模样，洪木木才敢落座。可这包间里统共四把椅子。师父做了偏位，主位空着，自己是坐到另一个偏位，跟师父面对面说话方便，还是自觉坐到末位，得寸进尺、套近乎似的，挨在师父身边？洪木木还没做出判断，老周就发话了。

“挨我边上坐，一会儿还有两位。”

话音未落，只听得包间的门环被拍响。接着，服务员推开门，学着老北京酒楼饭馆的做法，吆喝着：“贵客一位。”

老周莫名慌乱地站起身。洪木木屁股还没沾椅子，只好跟着站起来。二人一同望向门口。低矮的旧门框外，一个身形高大，一身本白色素麻休闲裤褂的男人，摇着手里的“汉奸帽”，咧开大嘴，露出一排白牙。

“生子，哪儿淘换这么一地儿啊，有面儿！”

老周的呼吸明显急促了一些，掩饰着咳了两声，三步并作两步迎过去，一拳捶在男人身上。

“你小子，回来也不说一声。”

"这不想给你一个惊喜吗？"男人一把抓住老周的脖领，就把他搂在自己怀里。两人又抱着互相捶了好几拳，才相互搀扶着落了座。洪木木能理解男人之间表达亲密的方式，只是不明白，何以两个大老爷们说着说着都偷偷红了眼圈儿？

三人刚坐好，最后一位客人也到了，竟是情理之中、意料之外的李颖丽。

"哎哟喂，这是谁啊？我怎么看着这么眼熟啊？"李颖丽的大嗓门一点儿都没有收敛，显然跟老周的关系比饶志国还要近。

"这局里办的什么培训班啊？怎么这人越学眼越拙啊！再看，仔细看。"老周坏笑着，吃着花生米。

"不是……师父，这……不会吧？"李颖丽忽然正经起来，气场都显得不自然了。

"行，李大奶奶没忘了我？没错，是我——和平。"男人站起身，伸出手。

"和，和平哥，真是您回来啦！"李颖丽有些激动，伸手的动作多了几分扭捏。

"20年了，咱这姑奶奶是冻龄了，还是怎么的，一点儿都没变啊！"

"哪儿啊，老了，老得不敢见人了！倒是和平哥还是那么帅。"

"我才老了呢，这头发全白了，都是染的。"

"行，看出来你俩是异父异母亲兄妹了，你们就互相恭维吧。"老周抿嘴乐着，在一边敲边鼓。

三人几句话就消除了时间带来的距离，亲热地说个没完，早把一边的洪木木忘得干干净净。

"行了，师父，别聊了，点菜了吗？我饿死了。"

“呦，光顾说话了，把这茬儿给忘了。木木……”

“师父，菜我跟老板商量着点了，要是不够，或者有什么特别想要的，各位前辈尽管说，我再去点就是。”

“这是新收的徒弟吧？行，这小子嘴上功夫比你强多了，可身上功夫，就差远啦！生子，这可是你不局气了啊！把人孩子一人儿扔现场。”

“什么徒弟啊，现在不许这么叫，再说，人家是警官大学的高才生，我这两把刷子，哪儿拿得出手啊！不过，现在这些孩子的身体素质真是不敢恭维。昨儿夜里也就是遇上你了，要真是飞贼唔的，这小子还真交代了。”

听二人这么说，洪木木心里一惊，难道这就是自己夜里看到的那个……不对啊，明明是一个白胡子白头发白脸，浑身上下一身儿白的老头啊！怎么……他下意识地盯着和平，呆呆地看了半晌。

“行了，别看了，小毛头，这就是你昨夜里看到的那个鬼大爷，影壁胡同三号院的新主人，海外侨胞和平。快，叫和大爷。”李颖丽还是一副家长对孩子的架势，弄得洪木木心里很不爽，可不知为什么，他又不想反抗，只能听话地站起身，毕恭毕敬地叫了一声“和大爷好。”

接着，三人又开始续断了20年的旧，把洪木木晾在一边。机灵的洪木木马上明白师父让他来的目的——端茶倒水，伺候酒席。看来师父跟老板早就形成了默契，服务员除了上菜，都退得远远的，不叫不现身。这期间，添茶布菜的活儿自然就是辈分最低的洪木木的。他一边殷勤地为前辈们服务，一边从三人的谈话里收集信息。

原来，这李颖丽也是老周的徒弟，按辈分，算是洪木木的师姑。当年，她和另外一个同学一起跟着老周办案子，好像发生了什么不好的事情，以致大家提往事话都说一半，就开始摇头不语。不过，老周肯定对那个徒弟异常满意，还充满思念，每每提及，眼睛里都会放出微光。那是洪木木从来没有享受过的殊荣。至于和平，可以说是老周的发小儿，一块参加过农村插队的好兄弟。1978年，落实政策，两人同时回了北京城，一个分在公安局，另一个因为政审不合格，只能去了街道小饭馆。不过，当年与洪木木一般年纪的两人，依然意气风发，豪情万丈，相约要好好干一番大事业。那年十一，两人特意在天安门前合影留念，发誓加倍努力，不枉此生。

可惜，他们的回忆刚刚到20世纪90年代，两人就都喝高了，开始胡言乱语，让人找不着逻辑。李颖丽还一个劲儿在旁边起哄，阻止二人继续讲那些洪木木听都没听过的故事不说，还不安好心地灌他俩喝酒。结果，菜还没上齐，两瓶“牛二”就干了。先是和平微笑着出溜到了桌子底下。接着，老周也口齿不清地笑骂着对方，趴在桌上不再动弹了。

“这回好了，喝多了，就想不起伤心事了。”李颖丽一直在劝着酒，自己可一点儿没喝多。此时，她微见红润的脸上倒泛起些许女性的温柔。她看看已经鼾声渐起的两个人，又看看一边的洪木木，咧嘴笑了笑，“小毛头，理解不了这里边的感情吧？”

洪木木赶紧摇摇头。

“你才多大啊，当年……嗨，谁没年轻过啊。再过两年，你就懂了。”李颖丽渐渐恢复了真身，爽快地站起身，“走，回所。”

“啊？那他们呢？”

“就你师父那满身酒气……今晚他想回所也回不去了。还有你和大爷，肯定有日子没享受桌子底下的大炕了，就让他歇这儿，好好享受享受。”

走到外边，被夜风一吹，李颖丽还是觉得有些上头，手臂很自然地搭在洪木木的肩上。洪木木身上一紧，正想着怎么摆脱那个温热的陌生女人的身体。忽然，一种熟悉的温暖的气息，缓缓飘来，洪木木的全身莫名放松了。

“毛头，故事没听够是吧。赶明儿师姑把所有事都拎清了，师姑给你讲，从头到尾给你讲。”

李颖丽没头没脑的话打断了洪木木的思绪。他望着身旁略有醉意的前辈，不知如何回答。

“得，就这儿吧，回家。”

“啊？回，回哪儿的家啊？”

“傻毛头，当然是回我自己家啊。”

还没等洪木木反应过来，李颖丽就拦下路过的出租车，麻利地钻进车厢。出租车抖了两下，一溜烟儿消失在夜色里。

至此，洪木木的“三陪”工作算是告一段落。尽管整个吃饭过程中，他滴酒未沾，但头却始终懵懵的。毕竟，这一晚上的信息量太大，足够他消化半宿。与其在床上睡不着，不如在这清凉的夜风中理一理思绪。想到这，洪木木不由放缓脚步，沿着无人的小巷，一路向东。不远处，仍是那片明亮的夜空，即将到来的节日，早把那片庄严的地方变成了灯火通明的不夜城。

长了20年，难得有机会亲见“重大节日”级别的街景照明，洪木木本该冲动着走入那片流光溢彩、璀璨夜色中，可惜他过早继承了警察的臭毛病，心里压着案子，再美的景也看不到，再香的饭也吃不下。虽说只是个陈年遗骸，但它出现的时间和地点太过特殊，又裹上了国家安全的神秘外衣，洪木木不自觉就有了负罪感。他这个实习生尚且如此，更何况正牌管片民警老周了。难怪老周安排的这顿叙旧酒席，三句话不离影壁胡同那个案子。洪木木总算明白整晚最别扭的所在，老周明面上是与和平叙旧聊天，实际上左兜右转地始终没离开刚发生的案件。而和平也非常人，八卦太极一顿招呼，话锋仅限于买房回国，兄弟情义，纵使李颖丽插科打诨，也没让老周得出更多线索。最后，还勾起老周的深深歉意，开启自我摧残的喝酒模式。而他们共同躲避的话题，肯定是件不那么光彩的旧事，洪木木无从猜测，不敢轻言妄断。可他能肯定的是，老周对那具尸骸的身份似有推断，而且有悖于刑总法医的初步结论。不知为什么，洪木木在第一眼看到那具面目全非的陈年尸骸时也有种隐隐的感觉，不是惊悚骇人，而是亲切熟悉，仿佛冥冥中注定要相见的一个故人。在这莫名预感的支配下，洪木木对其身份也做出了自己的推测，只是他不敢明确说出，毕竟事关重大，还轮不到他一个实习警员说话的时候。

望着不远处被灯光照得一片澄明的红色拱门，洪木木停住了脚步。人生的第一起案件尚未拿下，他的确没有资格去欣赏那片胜利的夜景。他转过身，掏出手机，以拱门为背景，来了张自拍。他相信不久的将来，他就能心无旁骛地走上那条大街，在那座建筑前摆出胜利的手势。到那时，他将可以面对一切真实，哪怕是残酷、讽刺，或者本就是无味无趣的存在和历史。

IV

刘萍终于睡醒的消息和刑总即刻召开案情分析会的通知同时传到了所里。老周像面临重大抉择似的想了半天才决定自己先去医院看老太太，让洪木木认真参会，仔细记录，重点是尸骸的尸检报告，要一字不落地记下来，之后第一时间电话告诉他。

老周走了。洪木木以管片民警的身份参加了会议。会上，先是通报了现场情况，那都是洪木木亲历的，根本没什么新鲜的。洪木木一板一眼按师父吩咐，支棱着耳朵等待会议的关键部分。冗长的各部门汇报终于进入尾声，年轻的小法医拿着薄薄的一张纸站起来。

“那个尸体啊，由于年代久远哈，我们也觉得没什么说的。可是，这是个老院子，据说有好几百年的历史。我们就觉得吧，要是在1949年前，或者前清之类年代，院子里挖个坑，埋个人，也属于正常。”

“法医，说重点。”局长终于沉不住气了。

“哦，那我接着说啊。”小法医嗽嗽嗓子，力求做出严肃的样子，可惜天生一副娃娃脸，即使说的是令人毛骨悚然的尸体解剖，脸上也挂着笑模样，“尽管尸体被强酸破坏过，但我们还是提取了尸体中的物质，进行碳含量检测……”

法医冗长的专业数据及分析之后，给出的结论相当宽泛——尸骸是一具埋藏了20至100年，甚至可能更长时间的遗体。唯一可以确定的是，死亡原因是“喉骨断裂，一招毙命”。

“这样，我们又从死亡方式得到了另一个推断死亡时间的依据。”法医说得津津有味，好像已经穿越到中世纪的英国，成了福尔摩斯的最佳搭档——华生。

“侦查推断留给侦查员好不好，你就给我说重点。”局长终于不耐烦了。

“噢，好的好的。我们推断能用这种方式造成对方死亡的人，必定身怀绝技，比如什么铁砂掌、锁喉拳之类的，所以，我们……”法医看着全都盯着他的大家，不好意思地笑笑，终于说了最后一句话，“我们觉得这具尸骸应该是死于1949年前后。”

洪木木几乎拍案而起。小法医的科学推断与他无来由的预感几乎不谋而合。虽然老周从未透露自己的想法，但那天酒桌上的画外音早就表明了他的态度——他认为那具尸骸是个跟他差不多大的当代人。初战告捷的小确幸让他的脸上泛起一片潮红。他赶紧抓起桌上的矿泉水，猛灌了几口，才平复了跃跃欲试的心跳。与其形成巨大反差的是局长的态度。局长心不在焉地翻着面前小山似的文件，漫不经心地问了一句：

“理由呢？”

“那时候才有那些武林高手啊！”

“我看你是武侠小说看多了。”

法医的汇报在一片哄笑声中结束。局长否决了法医的所谓推断，部署专门力量从房屋历史出发，争取尽快确定死者身份。刑事案件汇报完毕后，局长让无关人员散会，只留下相关部门的紧要人员，这其中就包括代替老周，以社区民警身份参会的洪木木。

第一次作为重要人员参加核心会议，洪木木不可避免地有些亢奋。趁着无关人员散场的工夫，他使劲儿挺了挺腰板，还偷偷用手机照了照自己的仪容仪表——脸有点儿红，头发整齐利落，无可挑剔，关键是精神头儿，跟那些老警察相比，他脸上和眼里的光泽，透着青春的激昂和无限的活力。他对自己的外表很满意，可有些担心领导问到社区里自己不知道的情况，又不由有些紧张。收好手机，他偷眼望向局长。只见领导被一堆拿着各种材料的人围着，眉头紧皱着，边看材料边签字。就这样，一干人等走马灯似的进进出出了好一会儿，会议室才终得消停。

原来领导事这么多啊！洪木木意识到自己有些自以为是了，心情反倒放松下来，专注地听完局长的情况通报，提炼出其中几点关键信息——

第一，经对影壁胡同三号院的历史沿革进行调查发现，那里曾是日本间谍机构所在，其主人化名为左木义的日本间谍，妄图发动细菌袭击，破坏新中国成立。敌人的阴谋被我方地工人员成功粉碎。1949年后，影壁胡同三号院因产权问题长期闲置，直至“文革”后期被某红卫兵组织占据。“文革”后，落实政策，该房最初产权人按法律规定收回房屋所有权后，移居海外。直到月前，美籍华人和平通过房屋交易，成了这个院落的最新主人。

第二，国安部门误抓老周、刘萍一事虽然已经搞清，但是可疑情报直指影壁胡同三号院，不排除尸骸与此有关的可能。要对忽然归来的海外华侨和平进行详细调查。

第三，目前已排除“文革”中发生刑事案件的可能。尸骸极有可能与1949年前后的日本间谍案件有关。由于年代久远，对此案细节情况最清楚的当事人，只剩下刘萍一人。于是，任务来了——局长命令周春生，也就是老周尽一切可能，帮助刘萍回忆并复原当时案件过程，尽快找到间谍案件和刑事案件的突破口。洪木木配合协同工作。

洪木木干脆利落地接受了任务，会议告一段落。众人从云山雾海中鱼贯而出，只有小法医还沉浸在刚才挨瘪的烦闷中，磨磨蹭蹭收拾着东西。洪木木见状，果断地凑了过去，加微信留电话，还明确表示了自己对其观点的绝对认同。两个年轻人他乡遇故知般从案子说到科学常识，又从科学常识聊到流行游戏，直到保洁阿姨收拾好会议室要锁门了，才恋恋不舍，挥手作别。小法医被洪木木鼓舞得心情大好，洪木木更是心中暗喜，无意中获得的这个技术同盟，必将为他的实习生涯助力加油。毕竟，科技强警是未来警务改革的大趋势，纵使自诩身怀绝技的老周之类的老刑警，也终将成为历史的见证，让位于科技和所谓的大数据。

一场案情分析会，就是一堂实实在在的实战研习会。对案件的侦破方向，洪木木早有了自己的分析和判断。他没有急于去找老周汇报工作，而是按照自己的思路，先整理了现有线索，并得出与其被动等待，不如主动出击的结论。他一早看出老周在刘萍面前的拘谨和敬畏，预料靠老周剑走偏锋是不可能的，看来助推整件事的任务非他莫属了。

V

老周一直陪着刘萍。老太太醒了以后，就喊着要找老周。见老周来了，就拉着他的手，摆弄那些纸三角，没再说一句话。

没有得到主人的允许，老周一直没有打开那些纸三角，更坚决制止了国安侦查员要拆看的要求。在他心里，老人的尊严和威望永存，即使她头脑不清晰，也不能轻易越界。前来执行任务的国安侦查员只能看着这一对加一块儿快150岁的老人，小孩玩拼图一样摆弄那些纸三角。直到洪木木出现在医院楼道里，才千恩万谢着求他跟那个不通情理的老头好好沟通，以协助他们完成任务。

洪木木长这么大第一次被人这样重视，又自诩重任在肩，自是满答满应。可他推开门，看到二人的神情，立即觉出自己草率了。病房里，阳光明媚，老周盘腿坐在地板上，正按照半躺在床上的刘萍的手势，用纸三角拼着什么图形。老周手笨，理解得又不到位，气得刘萍闭着眼睛在床上喘粗气。见老人生气了，老周就更着急了，抹着头上的汗，趴在地上想主意，根本没理会洪木木的到来。洪木木围着地上的纸三角转了两圈，似乎看出点儿门道。他刚要提醒师父，忽然想起什么，随手抄起床头柜上的苹果，笨拙地削起皮来。可他从小野惯了，吃水果就没怎么洗过，更别说削皮了。没一会儿，那个光鲜漂亮的大红苹果就被他修理得奇形怪状。

“哎哟，少爷，您还是省省吧，再削下去就剩苹果核了。”老周实在看不下去他糟蹋东西，正要爬起来阻拦。刘萍忽然睁开眼睛，大叫着：“我要吃。”

“嘿，您早说啊？我刚才问您半天，您也不言语。”老周赶紧接过洪木木手里已经变成沙果的苹果，胡乱切成小块，才递到刘萍手里。刘萍小心捏起一块苹果，露出孩子般的笑容。

“苹果真甜啊。你吃，吃了病才能好啊。”刘萍将苹果送到老周面前。

“哎哟，干妈，我不吃，你吃，吃了病才能好。”

“我没病，你才有病。”刘萍生气了，不再看老周，目光定格在洪木木身上。忽然，她苍老的脸上泛上一抹红晕，不好意思地对老周说：“对不住您，我认错人了。这才是我要找的人呢！你怎么现在才来啊，快，吃苹果，跟你当年削给我的一个味儿。”刘萍又将苹果递到洪木木面前。

洪木木愣愣地看着刘萍，然后本能地接过苹果，送到嘴里，大嚼起来。刘萍看着洪木木，一脸满足。洪木木囫囵吞枣般吃完一个苹果，刘萍又拉着洪木木的手，让他看地上的纸三角。

“还记得吗？你教我的，再试试，看忘没忘？”

“啊？”洪木木迟疑了一下，马上笑着答应，“没忘，您看着。”

说着，他跪在地上，拿出自己小时候玩七巧板的本事，一会儿就用纸三角拼了一个五角星。

“哎哟，好棒哟。”刘萍高兴地拍着手，挣扎着要从床上下来。

“您别乱动，摔着怎么办啊？”老周赶紧过来搀扶。可他哪儿拗得过老太太突然迸发出来的原始动力，只能依着她，颤颤巍巍地站在洪木木跟前。

洪木木哪见过这阵仗，呆立着，一动不敢动，任刘萍苍老的手，哆里哆嗦地伸过来，在他头上、脸上、肩上来回揉搓着。

“真是你啊，你啊，怎么，怎么一走，就走了这么多年啊！”刘萍摸索着、念叨着，眼圈慢慢红了，两滴泪水艰难地从她干涸的眼眶里滚了出来，老周似乎明白了什么，示意洪木木老实站着，让老人完成心底最美好的幻梦。

“70年，我每年都去那里看，有没有你的消息。你啊，可算是来了。再不来，我都要走了。”老人满足地回到床上，看着地上的纸三角，依依不舍地说：“拿去吧，都拿去吧，本来就是写给你的。”

刘萍躺到床上，疲惫地闭上眼睛，嘴里还念叨着什么。洪木木仔细听着，像是在埋怨，又像是在撒娇，好像还掺杂着什么音律或曲调。

“师父，奶奶不会有事吧？”

“没事儿，老太太就是累了，情绪也有些激动，让她睡会儿吧。”

“那，那这些……”

两人看着地上的纸三角，又心有灵犀地对视了一眼，几乎同时说：

“你替奶奶打开吧！”

“您替奶奶打开吧！”

明白了彼此的意思，两人都笑了。老周拍拍洪木木的肩膀，语重心长地说：“你小子，跟老太太有缘啊！”

在老周的坚持下，纸三角的拆看工作，由洪木木一个人进行。抱着那盒东西，走向国安部门特别提供的办公室，洪木木的心里沉甸甸的。不知为什么，他总有一种冒名顶替、窥视别人秘密的感觉。他是堂堂警大实习生，才不想做这么龌龊的事情。可怎奈刘萍一下子将最年轻的他认做了记忆中的某人，这个荣幸，别人还真享受不了。按照老周的意思，既然刘萍将纸三角交于洪木木，就只有他有权利代替信件的真正主人，揭开尘封的历史谜团。也只有这样，他才算对得起已经老年痴呆的公安前辈。

第一次当此重任，仪式感就显得无比重要。洪木木进入特殊办公室前，特意去卫生间认真洗了手，还破天荒涂了女生才用的护手霜。为了保持信件的品相，他还特意找内勤姐姐要了整理档案用的橡胶手套。一切准备停当，他才像即将开始手术的外科大夫一样，举着戴好手套的双手，静静坐在那个老旧的木盒面前，准备开启70年尘封的历史。

第四章　无声战场上的初恋没有始终

I

1949年的北平，经历了长期战乱，民生凋敝，满目疮痍。那时的天安门前，还没有广场，附近杂草丛生，一片凄楚荒凉。路上的地砖缺七少八，坑坑洼洼，走起来硌脚不说，更验证了当时的一句俗语“晴天土没脚丫子，大雨就成墨盒子”。至于那本应透出皇家尊严的天安门城楼更是斑驳一片，唯一的好处是，天安门城楼随便上。但有一样，您得踩着垃圾爬上去。在此背景下，一场载入史册的垃圾清运战拉开了帷幕。刘萍就是在这场城市大扫除中成功脱险，由地下转入地上，并最终走上公安保卫战线的。

事情还得从日本人的洁癖说起。左木义虽然潜伏北平多年，但始终保持着日本人爱干净、怕细菌的习惯。这就让刘萍有了每天一次外出倾倒垃圾的机会。本来，那个时期市政建设没人操心，老百姓也是自扫门前雪，自己家门口清净就得，加上胡同口就是堆得好几米高的垃圾山，刘萍的活动范围只有十几米。每天，她都在老汪头儿阴暗的目光注视下，默默走到胡同口的垃圾堆，根本没有机会跟一直在暗中注视着她一举一动的我方人员取得联系。这可急坏了负责此项任务的时任公安局某处处长的老纪。作为一名老地工，老纪经验丰富，可谁知是被胜利喜悦冲昏了头脑，还是一开始就低估了左木义这个老牌日本间谍的威力，一开始的行动规划就存在着明显漏洞。好在后来左木义与双料间谍劳伦斯勾结，李鑫喆才有机会进入那个神秘的小院。哪知，李鑫喆是泥牛入海，一去不返。直到，刘萍故意弄出的那场火灾发生后，派出所的李国强才名正言顺地走进了影壁胡同三号院，并与二位被困的同事取得了联系，得到刘萍利用倒垃圾传递出的日本间谍正在进行细菌实验的情报。此事关涉重大，各方面都非常重视。可在敌人具体意图尚未明朗的时候，不易轻举妄动。李鑫喆基于自己的掩护身份，提出继续潜伏、掌握情报的建议，唯一的要求就是即刻解救作为知情人，随时可能被左木义“处理”的刘萍。

对这些情况，刘萍并不了解。她只是严格按照李鑫喆的要求，每天若无其事地到垃圾站倒垃圾。可她奇怪的是，那个山一样的垃圾堆前，哪有什么大石头？组织的命令如何传递？他们下一步该怎么办？她真想好好问问李鑫喆。哪知，此后一天，劳伦斯忽然来访。之后，左木义对李鑫喆的态度就发生了180度大转弯，不仅将其安顿在正房居住，还按宾客礼仪，请其到西厢房密谈。几乎在半天之间，一切都恢复了左夫人事件之前的模样。诊所似乎依然存在，只是再没见病人。而她也被软禁在这个小院里，成了名副其实的保姆。身份的悬殊令李鑫喆对她的态度也发生了变化。他不再主动与她说话，态度更是冷漠无情。刘萍真后悔前两天没有问明白整个事情，如今只能被动猜测。

这天晚上，刘萍做完分内工作，又被老汪头儿看着倒完了垃圾，默默回到囚禁她的耳房。随着门锁的声音，她知道一无所获的一天又结束了。望着幽暗的小屋和地上的床铺，她忽然感到一阵悲凉和绝望。她甚至怀念起几天前，跟李鑫喆在一起共度生死的日子，怀念那被厚窗帘营造的，与世隔绝的死期将至的恐怖氛围。原来，孤独才是最可怕、最令人绝望的。孤独中的刘萍不由胡思乱想起来。可单纯的她，根本难以厘清这其中的关系，于是她的问题只集中在李鑫喆的身上——他怎么瞬间就变了个人似的？思来想去，刘萍无法解释已经发生的和自己猜测的所有问题，只有一个声音越来越清晰地回荡在她的耳畔——所有的事情都是李鑫喆告诉她的。刘萍猛地打了个寒战，难道——不，不可能。曾经的美好回忆，令她瞬间否定了自己可怕的设想。于是她变换了思维方式和角度，最终做出变被动为主动——逃出去的决定，解决所有谜团。

正在她开始分析地形，筹划自己的出逃计划时，奇怪的事情发生了。多日未响的门环忽然被敲响，院里传来老汪头儿应门的声音。

“谁啊，这么晚了，诊所不营业了。明天再来吧！”

“我们是城市纠察队的，有重要事情宣布，请开门。”

大门“丁零当啷”地开了。随即，几个身穿黄布军装的大兵和两个老百姓装扮的女人出现在院里。刘萍趴在窗户上，看到左木义有些惊慌地从内院走出来。

“您是这家的主人？”一个穿着对襟儿棉袍的妇女拿着个账

簿状的本子，询问着。

“啊，是，鄙人左木义，是，是个医生。”

“嗯，我们这都有登记。您家两口人，雇用了一个门房，还有一个护士，是这样吧？”

“是。”

“这么大院子就四口人啊？”

“啊，诊所冷清，用不着那么多人。”

“没事，有几个算几个吧。这样，我跟您宣布一下，现在新成立的北平市政府号召全体北平市民参加垃圾清运工作，不做硬性规定，每家按比例出工出力。”

“什么，长官，我，我有些听不明白……”

“啊，说白了就是每家每户要出人帮着政府清理垃圾。当然，这也是咱们老百姓为建设新中国新北平出力啊。您，有意见？”

“没，没有。只是，我，我……”

“啊，新政府充分考虑到各家各户的情况，没做硬性规定，不用所有人都去，每家出一半人力就行。您家……啊，四口人，出两个劳动力就行。”

“这个，这个……”

“哎哟，我说先生，这不现成的吗？门房和护士，都是劳动人民，干点儿活儿，为新社会做贡献，多好的事啊。您还有什么可犹豫的啊？”妇人快人快语，有些不耐烦了。

“那是，那是，可这就，就……”

“对，这就开始，大卡车早在胡同口等着了，咱们各家各户齐动手，麻利儿的，用不了一晚上，咱们这就能旧貌换新颜。”

话都说到这份儿上了，左木义自然没有反抗的理由。再说，谈话间，院门口已经挤满了准备参加爱国卫生运动的胡同里的各色人等。左木义用眼神提示老汪头儿见机行事，才演戏一般敲响了刘萍的房门……

就这样，刘萍和老汪头儿被簇拥着进入浩浩荡荡的垃圾清运队伍。一开始，老汪头儿寸步不离地跟在刘萍身边三心二意地挥着铁锹。刘萍也一心一意参加着这场突如其来的劳动。渐渐地，运输车辆忽然增多，品种也有排子车、人力车、自行车、独轮车……五花八门，无所不有，现场变得混乱起来。大家互相吆喝着、催促着，好像真要用一夜功夫移走垃圾山似的。忽然，一个女记者模样的人闯进劳作大军，开始添乱式的采访。可完全投入热火朝天的劳动中的人们哪有心思理她？多数人都是三言两语后便不再理她。只有老汪头儿本来就不愿意干这又脏又累的活儿，正好借机摆脱劳动。在他哼哼哈哈地故意放慢语速地陈述中，一个推着排子车的壮汉，山一样站在刘萍面前。

“大妹子，往这儿装，我这车结实。哎哟，看你这架势，来，俺教教你。”壮汉说着，一把夺过刘萍手里的铁锹，身子一摆，就把她掩在了身后。接着，一个与她身材相似的女人几乎从天而降地取代了刘萍的位置。壮汉依然叨唠着，只是刘萍渐渐听不见了。她已被按在一辆独轮车上，一路推着，快速离开了那个轰轰烈烈的劳动现场。

II

任务就这样神秘结束了。经过简短培训，刘萍便穿上了那身黄布制服，正式成为北平市公安局的一员。那时候的北平，百废待兴，治安混乱。她每天忙得脚不沾地，没有闲着的时候。可她被新生活、新工作充斥的激动的心，总会在夜深人静的时候提醒自己——李鑫喆怎么样了，这一切到底是怎么回事？

刘萍当然清楚地工人员的基本要求是不该问的不问，不该说的不说。所以，她只按照组织要求详细汇报了她与李鑫喆在左木义诊所里卧底的情况，着重描述了左夫人死亡经过和李鑫喆对于细菌子弹的理解和分析，以及他们对敌人真正意图的猜测后，便没有再过问相关的一切。老纪也在由衷褒奖了她之后，人间蒸发，不见了踪影。她就是想问也找不到可以问的人。她只能一遍遍回忆自己获救的经过，猜测所有的安排都是李鑫喆在昏迷中算计好的。她再不怀疑自己对他的判断，相信李鑫喆永远是她技高一筹的“高老师”，并满怀信心地期待着，不久的一天，李鑫喆会出现在她面前，向她解释所有的疑问。

日子就这样一天天过去了。刘萍也因为工作的原因，经历了好几起有名的大案子，从一名毫无经验的护士，逐渐成长为合格的公安战士。触目惊心的案件和血淋淋的事实让她真正认识到对敌斗争的艰巨和复杂。她在笔记本上，在各种会议上一次次发自肺腑地表达着自己保卫新中国的信心和决心。在那血与火的洗礼中，她的青春岁月永远定格在鲜红的单色中。普通女孩憧憬和向往的那些浪漫的粉色，对刘萍而言，几乎从未出现过。直到这天，工会的徐大姐笑吟吟地出现在办公室里。

像所有适龄女青年一样，刘萍早就进入热心同事的视线。徐大姐就是替那个热心同事来挑破这层窗户纸的。刘萍想都没想就告诉徐大姐，自己有未婚夫。徐大姐本是深谙此道的内行，立即开始不动声色地刨根问底。于是，不久后，刘萍有一个在敌占区做秘密工作的未婚夫的消息，就在机关里传开了。不知为什么，刘萍对此一点儿都不气恼，她甚至有意无意地很想听听同事们闲来无事时，对她那个未婚夫的描绘。什么身材颀长、气质儒雅、能文能武，精通三国外语，一个人的威力敌得过两个加强营……没错，那都是徐大姐根据她的描述传播出去的，再加上大家的自由想象，刘萍的未婚夫就成了这样一个神一样的存在。后来，可能说多了，也许是传得久了，大家都不再继续这个话题。只有刘萍心里相信，真有那样的一个人在敌占区等待着新中国的成立，等待着与她重逢……

1949年夏天，中央做出在天安门城楼举行开国大典，向全世界宣布，新中国成立的决定。作为新中国的保卫者，刘萍的工作更忙了。按照组织分配，她负责协助当地派出所做好天安门地区社会情报搜集和人员政审工作。那时候的老百姓社会责任感、敌情警惕性都极高，为了核实各种群众反映的可疑情况，刘萍像蚂蚁一样奔波在天安门周边的胡同里。

这天，两个学生的社情反映将刘萍带到了影壁胡同。再次与这个胡同纠缠，刘萍心里有些发慌。她先到派出所，想从李国强那里了解三号院的现状。哪知李所长已调任他省，其他人对左木义的真实身份一点都不了解。只知道几个月前，左木义突然将房屋转手卖给一个外国人。现金交易过程中，二人发生冲突，双双毙命。门房老汪头儿偷了左木义的钱财，逃亡后被流民所杀。现在房子里住的是该房产最初的主人——抗战前夕逃亡美国的商人。短短数月，物是人非，两起刑事案件又将一切掩盖得严严实实的。据群众举报，三号院用电量惊人，这些也是不能忽视的重要情况。刘萍断定其中自有隐情。

傍晚时分，刘萍一个人默默走进影壁胡同。经过垃圾清运，胡同恢复了宽敞、整洁。一棵重新现身的老槐树尽情伸展着枝叶。夕阳的余晖透过树叶，斑驳地落在不远处那片灰色的院墙和红漆院门上。那就是三号院，不久前，她与李鑫喆共同经历生死的地方。望着那扇依然紧闭的街门，刘萍恨不得立即破门而入，去搞清楚那些地下室、密室里所有的秘密。好在她已经不是几个月前那个稚嫩的毫无经验的女护士了，她相信一系列没有结论的刑事案件背后，肯定藏有隐情。她能做的就是观察外围，向上级汇报，然后跟进或者离开。刘萍围着小院转了两圈，除了不高的院墙上的确电线密布有些可疑外，其他并无异样。她将相关情况记在小本子上，正准备离开，忽听到拉门闩的声音，接着一个人影从里边走了出来。不知是夕阳的余晖过于刺眼，还是累了一天体力透支，刘萍忽然觉得一阵眩晕来袭，整个人便不可控地向地上倒去。一个黑影箭一般蹿过来，一把扶住她几乎虚无的身体。接着，阵阵暖流，传遍全身，刘萍下意识地闭上眼睛。

“小姐，您是不是中暑了，要不要去看医生？”一阵熟悉又陌生的声音由远及近传来，刘萍的意识慢慢回到现实。她不是累了，更不是被阳光晃晕了，她只是看到那个人，那个几个月来牵肠挂肚却不能寻问的人——李鑫喆。可她没有勇气睁开眼睛，她怕一睁眼，那个人就会消失，一切都是自己的错觉。

“小姐，小姐……”声音里带着难掩的焦急，而那浑厚低沉的鼻音，只属于那一个人。

刘萍猛地睁开眼睛，一张英俊、清瘦、被夕阳勾勒了一圈光环的脸颊，恍惚地映现在她的面前。那些微微悸动着的，被余晖放大的金色的绒毛，无不散发着熟悉的光芒——是他，真的是他，李鑫喆。

III

偶遇并没有解答刘萍的所有问题。李鑫喆像不认识她一样，始终保持着客气疏远的绅士风度。在他的脸上，刘萍没有看出一点儿情绪的波动，更别说别后重逢的喜悦了。幸好单身女人在陌生男人面前跌倒的窘迫掩盖了她的失态。她红着脸向对方连声道谢，之后，看着他像陌生人一样向远处走去，自己则故作镇静地继续自己的胡同巡游。

刘萍不知道自己是怎么回到单位宿舍的。一路上，她经历了无数次设问和解答。她明知自己已经完全不能保持淡定，却仍要用组织纪律严格要求自己，对此不能有任何疑问、行动，甚至情绪……对着镜子里因隐忍而扭曲得木讷的脸，不到21岁的刘萍第一次感到自己工作的残忍。她想抱怨，她觉得委屈，她需要发泄，可这时，她才发现，自己连个可以说话的人都没有。一种从内而外的彻头彻尾的孤独感瞬间包围了她。她环顾四周，空无一人的房间里，只有她和镜子里的自己。恍惚间，她几乎看到自己已经孤单死去，虚幻的灵魂同样形单影只地漂泊在空中，没有归处……恐惧中，她只能快速跑出宿舍，穿过寂静的办公区，一直冲到大街上，直到听到车水马龙的嘈杂，看到不远处集市上摩肩接踵的人群，她才重新确认自己依然活着，依旧是人群中活生生的一个。

她在人流中一路穿行，最后坐在了天桥外的书场里。说书人慷慨激昂地讲述，听书人大声放肆地叫好，终令其渐渐平静。果然是大音无声，大象无形。在最杂乱的地方，她找到了心灵的平静，更明白了自己工作的根本。刘萍就这样将一个“隐”字刻在了心底，从此真正接受了她特殊的人生。

拖着疲惫的双腿，刘萍缓缓往回走。夜深了，街上早已不见人影，空旷的街道里偶尔传来两声狗叫。那时候的北平，治安秩序很差，抢劫、盗窃时有发生。想起前些日子的案情通报，刘萍不由加快了脚步。这时，她才发现，自己身后不远处，似乎一直存在的“踢踢踏踏”的脚步声也变得急促起来。她更紧张了，几乎小跑起来。哪知后边的人也跟着跑了起来，明显就是冲着她来的。其实，刘萍自觉没什么可抢的，只是觉得自己堂堂新中国的警察，工作没多久就被人抢了，说起来太丢人。可她又自知身单力薄，根本不是劫匪的对手。情急之下，她想起李鑫喆还是“高老师”的时候，教过她对付跟踪的方法——急停调头，于是不管三七二十一，猛地回过身，几乎闭着眼睛向身后的人撞过去。

“哎哟，妈呀，您这位小姐要整什么啊？我可不跟着你了。得了，这钱我不挣了，给你拿回去吧。”

一个拉洋车的车夫，擦着汗，站在了刘萍面前。

“你，你跟着我？”

“嘿，你们小两口闹别扭，可累死我了。黑灯瞎火的，你一个女人就别乱跑了！”

“什，什么小两口？”刘萍被车夫的话彻底弄蒙了。

“得了，这钱我不挣了，您啊，麻溜儿回家，别让家里人担心。”车夫说着，将什么东西硬塞在刘萍手中，转身跑走了。

刘萍纳闷着，展开手心，只见一张折成三角形的纸币，伸展着被她攥出的皱褶……

“麻溜儿回家，别让家里人担心。”记忆敏锐地捕捉回车夫最后的话，刘萍瞬间明白了什么。她向四处望去，除了不远处单位大院里点点灯火，周围漆黑一片，空无一人。她向黑暗里张了张嘴，终是抵不住汹涌的泪水，蹲在地上，无声抽泣。

哭泣果然是女人最好的发泄工具。随着眼泪的流淌，所有委屈、怨怼、不甘、疑问都灰飞烟灭。大哭一顿的刘萍像扔掉垃圾的小推车，身轻如燕地小跑着回到单位大院。无论今后如何，有了手心里的纸三角，她坚信自己的等待是正确而有意义的。

第二天，处长便带刘萍见了一位秘密客人——老纪。消失多日的老纪胖了一大圈，脸上泛着油光，坐在沙发上笑吟吟看着她。

“老纪，您跑到哪儿去了？我……”刘萍仍保持着对老纪的原始称谓，语气里也多少有些嗔怪。

“唉，丫头，对不住，对不住，身不由己，身不由己哟！”

老纪诚恳认错，三两句话就找回了多年共事形成的默契。随着老纪慢悠悠的讲述，刘萍终于明白了，这一切都是自己昨天冒失的调查引来的。

原来，老纪负责的那个任务并没有结束。对刘萍的撤离，是从她安全角度的必然安排，也是李鑫喆下一步工作的相关需要。刘萍离开后，老汪头儿被左木义鞭笞惩罚。李鑫喆趁机离间二人。不久，老汪头儿就偷了左木义的珠宝和钱财，踏上逃亡回国的火车。车上，一直对其进行外围监控的公安人员将其秘密抓捕。另一边，左木义发现手下倒戈出走，只能对外放出老汪头儿贪财出逃、命丧途中的消息。接连的变故，动摇了左木义复仇及破坏的决心。他一边用实验失败断绝了真正的日本特务陈超的念想，一边通过谋算，要李鑫喆说服劳伦斯，将自己手里的技术连同诊所和宅子，卖个好价钱。这也是他忽然对李鑫喆180度大转弯的原因。只是，他还不知道，劳伦斯这个服务过纳粹，伺候过日本人，如今打着美国中情局背景四处招摇撞骗的家伙，还有个真正的主子，就是刚刚撤退到台湾的国民党中统。

既然人家去意已决，劳伦斯便按照上峰的意图，开始与左木义像模像样地谈价钱。左木义苦心经营十数年，自觉没有功劳还有苦劳，更何况此一去便是落叶归根，总要给自己弄出足够的养老钱。劳伦斯并不觉得左木义的价码是狮子大张口，只是苦苦支撑在大陆的中统北平站实在拿不出那么多真金白银，只能签下白条一张，允诺他们反攻大陆成功之后即可兑现。空头支票彻底惹恼了左木义，他扬言要投案自首、弃暗投明不说，还偷偷给劳伦斯的茶水里下了毒。劳伦斯更是掏出手枪，没再给那个矫情的日本人机会……俗话说，鹬蚌相争渔翁得利。劳伦斯的对外身份是美国间谍，左木义的真实底细是日本特务。两人互相毁灭后，这两方力量自然不会再露头。国民党中统便顺理成章找出房契，轻而易举地接手了这所大宅。屋主自然是当时小院里唯一的活人——李鑫喆。为了安抚李鑫喆，中统北平站特意给这个劳伦斯临时从大使馆招募的美籍华人颁发了委员长的嘉奖令和十根金条，还任命他为特别行动组组长……

“刘萍同志，这些本来是最高机密，鉴于你前期曾经参与此项任务，”老纪忽然转了话锋，脸上也严肃起来，“现在我宣布命令——任命刘萍同志为‘猎兔’行动外围工作组特备组员，结合庆典人员摸排工作，协助‘高老师’做好情报传递工作。”

“高老师？”

“就是李鑫喆。他现在的公开身份是回国接受祖产、寻找商机的爱国商人，暗地里是刚刚被授予上尉军衔的国民党特务。至于他的真实身份嘛——他让我转告你，等任务结束了，他要亲口告诉你。”

老纪看着刘萍，笑得意味深长。刘萍的脸腾地红了，心下暗自责备李鑫喆，怎么能把他们两人之间的秘密随随便便地告诉别人？

“行了，领导的话传达完了，我啊，得接着回去开我的洋酒馆儿了。”

“领导？什么领导。”

“高老师啊，他可是整个‘猎兔’计划的关键，咱们啊都是为他服务的。得，欢迎公安长官，改日到我那小酒馆儿坐坐。”

“你那洋地方可不是我们这些土八路去的地方。我啊，还是在家里等你胜利完成任务，二锅头，管够。”

“得嘞。您瞧好吧。”老纪伸出大手使劲儿跟处长握了握，又转过身来，语重心长地对刘萍说，“丫头，以后有什么问题问你们领导，问我都行，能说的我们肯定告诉你，用不着那么自己苦着自己。”

刘萍是个孤儿，打小要强，从没当着人流过眼泪。可老纪的话直接捅到了她的心窝上，几个月来的委屈、猜测、困惑便顺着泪水被冲得干干净净。看着刘萍哭够了，老纪哈哈大笑着，拿出最后一个礼物——一个折成三角的纸条。

“‘高老师’真是把你摸透了，这节奏把握的……真是，我服了。”

老纪把纸条塞到彻底蒙圈的刘萍手里，大笑着离开旅店。

IV

刘萍将纸条紧紧攥在手里，直到回了单位仍不肯放手。单位里，大家各自忙碌着，谁也没注意到刘萍脸上多了些红润和笑意。刘萍当然知道即使是好消息，那也是不能分享的秘密。可她心底的喜悦真的需要表达才能品出甜的味道，她只能见了人就打招呼，将自己难得的笑脸，传递给那些认识或不认识的同事。用这种特殊方式抒发了感情后，她才躲到厕所的单间里，将那只攥着纸条的手，从裤兜里拿了出来。纸条已经被汗水洇湿了。几点蓝色的墨迹像花朵一样透过纸背，招惹着刘萍赶快打开它看。耽搁了一路，刘萍的确有些迫不及待了。可偏偏手指头忽然不听使唤了似的，根本找不到打开纸三角的关键折口。好容易找到了，又因为动作过大，纸条被撕成了两半。刘萍气得直跺脚，还使劲儿打了自己一巴掌，才渐渐恢复平静，慢慢打开那张纸条。

纸条上一共两行字，分别写在被她撕开两半的纸上。一行写的是闻鸡起舞上香去，另一行写着太庙门外看古柏。

刘萍不相信纸条上只有这些字，翻来覆去又看了好几遍，还不甘心地用唾液进行了显影实验。遗憾的是，她只在纸条的角落又发现了四个字——阅后即焚。

这是情报传递工作的纪律，刘萍当然不会违反。她环顾四周，让她把纸条顺着肮脏的马桶冲走，她哪里舍得？可她身上又没带着洋火。情急之下，她一把将纸条塞进嘴里，三口两口吞进肚子里。一股暖意随着那团囫囵的东西从嘴里流到身体里，一阵馨甜也随即从胃里泛到口中。刘萍下意识地咽了口唾沫，那口水当然是甜的，比她这辈子喝过的任何液体都香甜。

任务接了，工作性质并没有太大改变。刘萍依旧忙碌着收集、了解、核实、汇总各类社会情况。只在每天早上，她会穿上家庭妇女的衣服，用头巾挡住已经剪成民兵连长头的发型，挽着竹篮，装作上香的香客，到太庙转上一圈，然后靠在太庙南门墙根那棵最大的古柏上歇歇脚。李鑫喆的情报应该就藏在那棵大树的树洞里。自从看了纸条上的诗句，刘萍就对太庙门外的柏树挨个查看了一遍，发现只有这棵树半人高的位置有一个不大不小的树洞，靠在树干上，可以轻而易举地留下想隐藏的情报。

转眼，刘萍已经连着来了七天了，树洞都被她挖得可以多伸一个手指头了，纸条却未出现过。难道是自己理解错了，还是出了什么问题？她好几次偷偷来到影壁胡同三号院外，真想找个理由闯进去问个明白。好在每当看到那紧闭的红漆街门，刘萍就会想起李鑫喆经常紧闭的双唇。他思考问题的时候，就喜欢这样紧紧抿着嘴唇。不考虑清楚前因后果，来龙去脉，他是不会随便张口的。而一旦张了口，便是他最终的决定，一般不容改变。既然他要求用这种方式传递情报，就肯定有他的道理和难言之隐。谁都没有权利破坏约定。

刘萍知道自己能做的只有等待，却又不甘于此。她为自己画了张工作线路图，规定了从南到北和自东向西两条路线。表面看，这是她在按照工作要求，落实对沿途各重点单位进行常规巡视，实际上，她将工作区域稍微扩大了一条街，行动路线上也稍稍绕了一点儿远。目的只有一个，不管怎么走，她都会途径影壁胡同。尽管她知道，即使见了面，李鑫喆也只会像上次那样，给自己一副陌生人的面孔，但像每个花季年龄的少女一样，刘萍每天都期寄着那种不能相认的邂逅。

等待的日子是甜蜜的也是煎熬的。刘萍坚持每天早起收集情报。这天，她很早就被一个乱七八糟的噩梦惊醒了。接着，就听值班的同事说，第七区昨天夜里发生了不明枪战，还有人员伤亡。一阵莫名的担心袭来，刘萍顾不上吃早饭就换上老百姓的装扮，赶往太庙。

清晨的太庙异常冷清，夜间的露水被初升的太阳一照，升起团团雾气。望着迷雾中的建筑和古树，刘萍忽然有种不好的预感。她将后背紧紧贴在还有些潮湿的树干上，装作梳理头发，一只手挡着外边的视线，另一只手轻车熟路地摸到树洞里。

一个薄薄的纸片触碰着她的指尖——情报终于来了。

尽管纸条上只有十几个阿拉伯数字，刘萍还是马不停蹄地将其送到老纪开在使馆区的洋酒馆儿。老纪见她刚开门就跑了来，衣服都没换一件，立即迎了上去。

“老乡，我们这儿不是饭铺，您要吃饭，上前边那条街找找。”

刘萍立即意识到自己又失误了，以她现在的打扮怎么能出入这种场合呢？只能顺着老纪的话茬，弥补自己的过失。

“对不住，老板，俺走得急，实在口渴，您能不能行行好，给碗水喝？”

“真是，要饭要到这儿来了。等着，我给你拿去。”

刘萍连连作揖道谢，眼睛机智地四处扫视了一下，发现墙角处果然坐着一个外国人，正边看报纸边用早餐。

老纪很快就端了一碗水出来。刘萍接了，大口大口喝下肚，利用还碗的机会，才把纸条传到了老纪手里。

接下来，仍是等待。没人告诉刘萍那行数字是什么意思，她也无权过问。等待中，她渐渐悟出了没有消息就是好消息的道理，安心传递着不定期出现的纸条，接受着已经发生或可能发生的一切。她相信李鑫喆说的，总有那么一天，他会亲自告诉她一切。

影壁胡同三号院被集中围剿的那天，刘萍以为这一天到了。

那是一个普通的夜晚，处长忽然集合所有人员，要求大家带好武器，参加对国民党万能电台的围剿行动。刘萍和几个没有参加过实战的年轻人兴奋地上了吉普车，用眼神交流着初次参加大战的兴奋。哪知，车子七拐八拐地来到了刘萍无比熟悉的影壁胡同。处长一声令下，大家纷纷跳下车，悄悄摸进狭窄的胡同。接着，刘萍无数次设想过的情景出现了。两个穿着对襟儿袄的女人在三号院前叫门。

“有人吗？街道发防疫药的，开开门。”

隔了好一会儿，门内终于传来拉门闩的声音。没等大门完全打开，突击队的队员就冲了进去。

枪声、呵斥声随即传来，耀眼的火光将那座黑暗中的小院映得时暗时明。

枪声彻底停止的时候，刘萍等女同志才被允许进入。院里已经点起了火把，突击队员正在清理地上的尸体。刘萍再也控制不住紧张的心情，不管不顾地闯到后院。两间正房的门窗悉数被打碎，玻璃和门板七零八落地躺了一地。突击队员正要去西厢房探查。

“小心，那里边有密室和防空洞。”刘萍怕发生危险，及时提醒。

“对了，这里你比较熟悉，小刘，你跟着他们负责勘查现场。”处长并未注意到刘萍的情绪，不由分说下了新命令。

此时，刘萍的脚已经迈向了那个她离开时李鑫喆居住的房间。可军令如山，再说十几个人等着自己呢，她没有理由耽搁。无奈中，她只能回过身，带头跑向西厢房。忽然，眼睛的余光提示她，什么东西正从正房里出来。她禁不住停下脚步，扭过头去——

接下来的一幕，在刘萍的记忆里一直是模糊的存在。它带着虚无的光环被刘萍在各种情况下，做了无数次修复和改动。唯一清晰不变的是那两个士兵军装上的补丁和他们手里抬着的尸体上鲜红的血迹……

第五章　70年的工作总结与密码情书

I

刘萍老太太发威了。

经过一整夜良好的睡眠，老太太重新恢复了底气，不仅精神矍铄，而且头脑清醒。三言两语就识破了老周调换她宝贝木箱子的诡计，挥舞着拐杖，要去找老局长告状。

这种情况下，洪木木被命令，立即携带着老太太的宝贝回医院平息矛盾。

“你给我起开，有什么话，咱们老局长那说。”

洪木木赶到时，刘萍已经穿戴整齐，正用无人能敌的气场，逼迫老周让开去路。

“哎哟，老太太，您哪找老局长去啊？他老人家走了得有50年了。”

“我不管，走到天边，我也得把他找回来。这问题没说清楚呢，他不能走。”

“哎哟，奶奶，您是刘萍吧？”见此阵仗，洪木木急中生智，一个箭步跳到刘萍面前，笑呵呵地递上木盒子。

“我是，你——哎？这，这盒子……”

“我是洪木木，老局长派我来给您送这个的。”洪木木真事儿似的拍拍盒子。

“这，这么说，老局长看了这些，这些……”老太太的口气立即缓和了。

“看了，看了。他说您这么多年一直坚持工作，值得，值得大家学习。”

“哎呀，我说的不是这个，我是说，说……”

“奶奶，您别着急，关于高老师的问题，组织上正在研究，不久就会给您答复。”

“唉，不行，等不了了，他回来了，回来了，你们让他自己说，肯定能说清楚的。”刘萍的情绪重新激动起来。她拄着拐杖，左右转着圈，一副不知所措的样子。

“奶奶，您说他回来了？您怎么知道的？”在场的人都懵圈了，只有洪木木认认真真地继续跟着刘萍混乱的思路。

“他，他给我留下情报了。”刘萍苍老、浑浊的眼睛忽然变亮了，接着一层水雾浮了上来。

“还在，那个树洞里边吗？”

刘萍点点头，慈祥地看着洪木木：“当然，还能在哪儿？早说好的，他不能赖账。”

“那他，我是说，那情报上说什么了？”

“就说……”老太太忽然住了口，看看四周的人，眼睛一翻，拉下脸来，“组织规定，你们不懂啊，我只跟老局长的特派员说。”

“啊？什么，什么特派员？”老周和在场的其他人都被说晕了。洪木木看着他们互相大眼瞪小眼的没了主意，洋洋得意地说：“不好意思，老太太说的是我，小人不才，老局长派来的。不好意思，大家回避一下，回避一下。”

说着，洪木木竟将大家都请出了病房。屋里只剩下两个人，刘萍脸上的线条重新恢复了老年人的沟壑，折腾了一早晨，她的确有些累了。洪木木趁势搀扶着她重新躺到床上。

“不行，别让我睡。一睡着了，我就忘了，忘了就耽误大事了。”刘萍的眼睛都睁不开了，可嘴上仍旧念叨着。

“行，您说，我听着呢。”

“告诉老局长，高老师回来了，他好好的，回来了……”

话没说完，刘萍就睡着了。洪木木不甘心地叫了两声奶奶，最后只能出去跟师父老周汇报，期待老太太醒来，能继续之前的记忆。

老周无奈，只能带着洪木木回所参加工作会商。路上，老周沉默不语。

“师父，您就不想知道那些纸三角上都写了什么？”洪木木的表情带着明显的挑衅。

“嘿，一夜不见，胆儿变肥了，敢跟你师父叫板了是吗？”

“哪儿能啊，我是觉得，作为刘老前辈的干儿子、最得意的门生，您才是最有权利知道上边内容的。”

“少给我戴高帽子，要不是老太太糊涂了，怎么也轮不上你的。”

“那必须啊。”

“你说什么？”

“我说那必须不能是我啊。”

“这还差不多。”

“可问题是，我昨晚上看了一宿，还按照国安的要求，复制留档了。”

“嘿，成心气人是吧？”老周终于被洪木木惹急了，一把将其从共享单车上薅了下来。

“哎哟，师父，疼疼……”

“知道疼就对了。别以为我岁数大了，整不了你了。说不说，不说我真抽你，信不信？”

“别，别啊，师父，多大点儿事儿啊。”

“还贫是不是？”

“不贫不贫，正经的，那纸三角上真没什么。”

“什么叫没什么？”

“也不是没什么，我意思就是，那上边写的东西没什么……”

“没什么还写什么？”

“唉，怎么说呢，严格讲，那就是70份，对，70份工作总结。”洪木木终于找到合适的词汇，满意地舒了口气。

“工作总结？怎么可能……”

洪木木一开始也不信那些被老太太宝贝了几十年的东西就是工作总结。从老人的表情和神态上，他甚至百分百认定，那将是老太太几十年情感的大揭秘。洪木木还没有谈过恋爱，可没吃过猪肉不代表没见过猪跑。他对感情的理解和把控似乎具有天生的领悟力，加上从小父母分开生活的人生经历，他小小年纪就成了班里那些“采花大盗”的幕后军师。警官大学本就是狼多肉少的地方，加上学校明令禁止谈恋爱的反作用力，洪木木见惯了各种爱情的博弈，难免少年老成地把爱情归结于人类进化中雌雄动物的携手共进。不可或缺，更难有变化。本来，他是带着窥视和佐证的心理打开那些纸三角的。哪想到，呈现在他面前的，竟是几十份中规中矩的工作记录。毫不夸张地说，他以史上最大的密集度和频率，看到了那些离自己过于久远的词汇，什么敌情、特务、反动派……还有那些放在现在他绝对说不出口，可写在纸上却能力透纸背的豪言壮语。洪木木简直难以理解，何以有人把这些东西当成宝贝，还一藏就是70年。

“真的，不骗您。不信，您自己看。”洪木木拿出手机，调出几张自己偷偷照的文件照片。

老周戴上老花镜，蹲在马路牙子上，认真看起来。看着，看着，老周忽然不看了，摘下眼镜，用粗糙的大手使劲儿抹了把脸，对洪木木，又好像是对自己说：“前辈的故事，后辈人理解不了。”

“那也得看是什么后辈……”

洪木木明显犯上的话，头一回没被老周撅回来。他无声地看着意识到说错了话没敢继续的洪木木，愣了片刻，扬扬下巴，示意他继续说下去。洪木木受到鼓舞，一股脑儿将自己的一夜所得和想法倒了出来。

当他发现自己以为的“情书”居然是工作总结的时候，他真想就此放弃了，可经过几篇阅读之后，他发现这些干巴巴的简单陈述里另有端倪。它的确是一个人的工作总结，但其着重点不在自己干了什么，做出什么贡献，还有什么不足，而是全方位展示着工作场景、历史背景；它的文风是平实的、陈述性的，但每个纸条的开头和结尾都有一句提纲挈领的话，明确表达着作者对这一年工作的回顾和感受。它的整体叙述是概括的，废话极少，但个别事件中，却不乏刻意地细节描写，比如她新买的红裙子被尸水污染，比如她好容易留的长头发险些被酒精灯燎着，比如一个人出现场被吊在树上的尸体吓得魂飞魄散……寥寥数语，有情感、有抱怨，让人真切地看到一个柔弱的女性在与性别不相符的现实中的成长和历练。遗憾的是，越到后来，这种字句就越少了，剩下的更多是对经验教训的总结和提炼，字里行间那个纯真的女性也变成了毫无情趣的中性人。可看到最后，洪木木将纸三角一张张整理成册时，他忽然从那厚厚的一打纸中看到了刘萍老太太布满沧桑的脸，虽然是毫无表情，但每一条沟壑里，似乎都烙印着无怨无悔的坚毅。于是，他不可抑制地幻想着李鑫喆走后的故事，幻想着刘萍和李鑫喆用特殊方式定下的世纪之约，幻想着刘萍月月年年的思念和等待……

“奶奶的总结不是写给组织的，也不是写给自己的，而是写给她的‘高老师’的。”

洪木木最后的总结性发言有些激动，调门不自觉提高了几度。他知道老周一定会用自己的方式打压他的嚣张气焰，可他顾不了那些，一系列想象之后，他需要用不同以往的做派表明自己的态度。没想到的是老周也是一反常态，不挑刺、不反驳，一声不吭，又把那几张图片从头到尾看了一遍，才用请求的口吻，让洪木木把这几张照片给他传过来。

至于目的，老周没说，洪木木也没问。

II

经过仔细梳理、比对，刘萍的70个纸三角被还原成70份工整翔实的“工作总结”。那厚厚的一摞材料里，记载了一个老公安70年的工作历程和人生感悟，其中提到的很多案件，已经载入史册，或者被改编成文学或影视作品，具有重要史料价值。可以说，能记的刘萍都写了，唯独没有提到过一次李鑫喆的名字，更没有任何表达情感的词句。对此，大家都很纳闷，甚至怀疑老太太是真糊涂了，混淆了记忆，才造成现在的混乱。饶志国一时拿不定主意，将目光投向自始至终没有发言的老周。

老周碾灭了手里的烟蒂，随手拿起一本文件复印件，高高举着，沉默半晌，慢悠悠地开了腔：“我觉得咱们这样把刘萍老前辈的私人信件公然放到会议桌上，是对老人最大的不尊重。”

老周声音不大，可现场立即鸦雀无声。所有人盯着这个不起眼儿的小老头，等待他对自己观点的解释。

“没错，这里写的都是工作。可你们不觉得这才是世界上最美最动人的情书吗？”老周说着说着，眼圈忽然红了。他拼命克制了几十秒，才嘶哑着嗓子继续说：“刘萍一辈子没结过婚，谁也不知道为什么。看了这些，我明白了。她用一辈子等着那个领她走上这条路的人。所以，她每年干的工作，才是她最想跟那个人说的。这就是老一辈儿人的境界。咱们都差得太远。”

老周说完，将目光转向洪木木。洪木木正目光炯炯地看着他，师徒二人第一次会心地相视一笑。

老周激动而有些不着边际的发言激发了大家的想象。事件最终被梳理成，海外某间谍机构利用李鑫喆与刘萍的世纪之约，安图通过刘萍，通过影壁胡同三号院传递情报。

“可是，李鑫喆呢？别说各种档案没有记载，就是我们的人在三号院外蹲了好几天，连只可疑的猫都没看见。要不是院里挖出了人骨，我们还在那儿傻蹲着呢。”国安的年轻侦查员首先跳出来质疑。

“对啊对啊，老太太到现在都不说纸条上写了什么，这里边肯定有问题。”另一个侦查员附和着。

“狗屁！也不看看自己几斤几两，张嘴就胡吣。”老周终于急了。

“哎，你说谁狗屁呢？”

“谁放屁我说谁。”

“你这人怎么这样啊，还有没有规矩啊？”

“小毛孩毛还没长齐呢，敢跟我……”

“行了，都给我住嘴。”局长一声断喝，两边都不敢再炸刺。见会场恢复安静，局长才面无表情地对着国安的张主任发问：“张主任，事情都到这份儿上了，我们是不是有权知道你们消息的来源和可靠性了？”

“这，这，我得请示一下上级。”

“好，那我就等你请示完毕，再做下一步部署。”

“好！”老周解恨似的叫起好来。

“起什么哄你！去，没事伺候你干妈去。就一样啊，问不出东西，别给我回来。”

局长刚柔并济的做派，老周无比受用，麻利儿地应着，离开了会场。洪木木小脑袋瓜一转，觉得自己在这里干耗着也不是办法，正好趁机跟着开溜。

一老一少并没急着回医院，而是来到影壁胡同三号院，按照洪木木的建议，寻找事件的本源磁场。二人心照不宣，都想到了1949年初秋的那个夜晚。

“那晚的统一行动后，李鑫喆的名字就没再出现过。”老周的依据自然是刘萍的那些工作总结。

“准确地说，这个名字作为在逃敌特名单，最后一次出现在那晚的工作报告中。”洪木木的依据是相关案件档案。

“那这么说，李鑫喆的确如刘萍所说，跟随海外间谍组织继续潜伏了？”

“可档案里还记载了，当天行动中，的确从李鑫喆居住的西屋里抬出一具面部模糊、无法确认身份的尸体。我怀疑，李鑫喆在战斗中被我方误杀，一切都是老太太旧情难忘杜撰的幻影。”

“你韩剧看多了吧，小子。刘萍是老公安，没凭没据的，她不可能一干就是70年。”

“可问题是这么私密的约定，除了当事人自己，谁还能知道呢？”

“哎，小子，这你算是说到点儿上了。现在，国安那帮人的反应不正说明，刘萍说的都是真的，李鑫喆不仅活着，还回祖国来赴这个世纪之约了。”

老周的话音未落，忽然传来一个洪钟一样的声音：“不可能。李鑫喆死了，早就死得透透的了。”

和平摇着折扇，优哉游哉地走了进来。

“哎哟，我们这儿工作呢，别打岔。”自从上次喝多了酒，老周似乎有意躲着和平。

“嘿，什么态度啊。我这是五好市民积极配合公安工作。”和平似是看透老周的心思，故意哪壶不开提哪壶，“我这消息可不白提供啊。就讨一顿酒，五粮液就行，不用茅台。”

“你哪儿凉快哪儿待会去吧，怎么哪儿都有你？”

“我们家房子没有我行吗？”

“也对，忘了您是这宅子的新主子了。李鑫喆可是……”老周忽然想到什么，眼睛里闪出一丝亮光。

“没错，李鑫喆就是我的前手。”和平说着，拿出手机，调出一张照片，上边是一张年代久远的房契，房主名字果然是李鑫喆。

“这，你哪儿来的，我明明查了你的上家叫孟启达。”

“呵呵，真是瓷器，偷偷查我。”

“少废话，快说，怎么回事。”

和平见老周真急了，才收起自己北京大爷的做派，简短说了自己购房的曲折经历。原来，他在海外生意做得越来越大，可随着年龄增长，漂泊无依的感觉也越来越明显。所以，他就决定在北京买个宅子养老。一来二去，就看上了这个影壁胡同三号院。哪知对方也是长期旅居海外，所有交易都委托给了中介。既见不到人又看不到物，仅靠中介在两边说和，和平担心被骗，非要对方提供其他法律依据佐证房产合法性才肯支付定金。对方无奈，才翻出了宅子的老房契，作为新版房产证的有力佐证。当然为了证明房契上的李鑫喆就是自己的爸爸这一环节，孟启达还特意回了一趟国，着实折腾了一番才拿到亲属关系证明。

“可为什么他姓孟，他爹姓李？”

“以前这种事不是很多吗？更何况你们说他爹是卧底。这名儿都不一定是真的。”

“那他说他爸是什么时间死……故去的？”洪木木终于找到机会插话。

“他不知道，他说他生下来就没见过他爸。他妈更是到死都没提过他爸一句。只告诉他，这宅子是他爸唯一对得起他的地方。”

“那到底死没死啊？”洪木木开始较真儿。

“死了，肯定死了。这孟启达七十多岁，他妈据说要是活着没有百岁，也得九十多了。那他爸啥样，你自己想吧。”

“哎，和大爷，您真是关键时刻打马虎眼。我们要的是真凭实据，具体情况。死亡时间，地点，最起码国内国外，我们得知道吧？”

“哟，人儿子都说不清楚，我哪儿知道啊？”

“小子，咱们忘了一个人。”半天没吱声的老周，拉着洪木木就往外走。

北京的秋老虎一向厉害，前两天还秋高气爽的，今天不知怎么的，被难得的大太阳烤了多半天儿的城市，瞬间升温。洪木木只穿了件制式长袖衫还热得汗流浃背，老周早早套上了制服夹克，此时也是四脖子汗流。可他好像毫不觉得似的，任汗水打湿了脖领，仍是风纪扣紧系，满脸严肃，一言不发。洪木木只能一路紧跟，可脑子却飞快地转着。他初步判断，老周这个反应，多半是因为和平，他对那天的酒局印象深刻，和平原是躲着案子走的，何以今天主动冲上来提供线索，还一说就说到点儿上？这里必有蹊跷。可老周没有挑明，他不能贸然提问，只等着老周主动说出自己的想法。

大概是走累了，老周终于在路边的阴凉里停下脚步。洪木木小心地递上一瓶矿泉水，老周一脸见鬼了似的惊异地看着一直跟着自己的洪木木，完全沉浸在自己思绪中的他，还不适应新徒弟的跟随，毕竟几十年了，仍揪着那个案子没完没了的人，只剩下他了。他早就习惯了孤军奋战的凄凉，没承想，命运竟给他安排了这样一个新搭档。他迟疑着接过矿泉水，看着满头大汗的洪木木，第一次正经八百地接受了这个新徒弟的存在。不过，他接受的方式还是充满自己风格的：

“去，弄辆车，咱们奔法医中心。”

III

老周说的那个人，严格讲，指的是那具尸骸的真正身份。由于地质原因，尸体又被强酸腐蚀过，法医方面很难鉴定其准确的死亡时间。不过，为了不浪费这难得的标本，那个喜欢推理的小法医，主动提取了尸体的牙髓组织，宣称要通过实验培养，提取上边的DNA，从而破解尸骸身份之谜。

老周带着洪木木跑到法医中心，同时听到两个消息，除了这个相对振奋的，还有一个就是，因为存放原因，遗骸将被作为无名尸火化处理。老周一听就急了，要不是洪木木拦着，老同志几乎跟人家看尸体的辅警打起来。

“师父，您这是干什么啊，决定都是领导做的，您跟人家辅警发什么飚啊。”洪木木将老周拉到一边，小声劝阻。

“谁决定的谁缺心眼儿。案子都没完呢，这不捣乱吗？”

“这不是捣乱，是毁尸灭迹。”李颖丽不知道从哪里冒了出来。

“嫂子，您这是干吗啊，不帮着劝劝，还煽风点火。”

“小毛头，你不懂，该坚持原则的时候，拼上老命也得扛着。老刑警都这样！是不是，老倔头儿。”

“你也跑来，别告诉我是为了给你刘奶奶完成心愿的。”

“那怎么不能啊？我一女人，不正应该……”

“扯，你李颖丽能多愁善感，太阳就能从西边出来。”

“嘿嘿，知我者，师父也。”

洪木木看着两人打哑谜一样的对话，敏锐地感觉到这里边儿还有自己不知道的东西，而且跟那个他们都不愿提及的事有关。

“行了，小毛头，赶紧回所，把这情况跟饶志国汇报一下，让他无论如何给我顶住。”

“啊？那你们呢？”

“我们，大人的事儿，小孩儿少问。赶紧的。”

洪木木就这样被赶走了。老周的脸色重新阴沉起来。

“老饶说国安迫于我们的压力，终于提供了情报来源和相关情况。据说，情报渠道废弃原因是我方人员反水。不过，他们掌握的入境可疑人员是一个二十多岁的小伙子，没有老头子。”

“那倒是不奇怪。李鑫喆要活到现在，还能上蹿下跳搞事情的话，就是老妖精了。”

“唉，可是无论这死尸是不是李鑫喆，咱刘奶奶都是白等了70年啊。”

“呵，还真学会多愁善感了？”

“你想啊，这尸体要是李鑫喆，那就是当年他留下了世界之约的纸三角后遇害，造成刘奶奶苦等70年的悲惨结果。”

“要不是呢？”

“要不是就更惨了。引领她走上革命道路的领路人，最终背叛革命，成为历史的罪人，最后还利用她的感情，企图破坏共和国。”

“你啊……”老周站起身，拍拍李颖丽的肩膀，露出真诚而又惋惜的神情。

“别，师父，我知道你要说什么，还是省省吧。”

“知道我也得说，你这衣服穿了20年算是白穿了。你啊，就不是个当警察的料。”

老周说完了话，痛快地舒了一口气，哪想到李颖丽竟然认真了，一双泪眼委屈地看着老周：“我知道你看不上我，从我们俩分给你当徒弟的那天起，你就看不起我。”

“哟，丫头，当真了？师父，师父这么多年了，不就剩下损你玩这点儿乐儿了吗？怎么还当真了？”

“你怎么损我都行，可有一样，以后洪木木在的时候，你就不能说我，只能夸我。”

“啊？洪木木，这跟那小子有什么关系啊？再说，他不是没在吗？”

“哎哟，我说不明白了我。”李颖丽急得直跺脚，“真是，本来不打算告诉您的，嗨，我还是招了吧。您知道洪木木是谁吗？”

“小样儿，知道你就绷不住。要说快说，少跟我卖关子。”

“师父，”李颖丽的委屈又上来了，对着亦师亦父的老周，想挤出一点儿笑容，又控制不住情绪，终是撇着嘴哆嗦着说出来几个字：“他是洪涛的儿子。”

“啊？”老周盯着李颖丽看了好一会儿，才意味深长地舒了口气，“我说呢……”

“您说什么啊？这都搅和一块了。”

“也没啥不好，该了的都了了吧，趁我还穿着这身衣服。”老周不再说话，拿起他的大茶缸子，就要走。

李颖丽不干了：“嘿，老头儿，怎么走了啊？”

“你这不都盯着呢吗？别跟我说，你到这儿又是来发神经的。”

“没劲。”

被看透心思的李颖丽，没有理由再耍赖，只能看着老周慢悠悠地离开，心里笑骂了一句“臭老头”，重新坐回法医中心的椅子。人们都说这地方阴气重，不吉利，可每回心烦了，或遇到什么麻烦事，李颖丽就习惯到这里坐一坐。这就是老周说的发神经。其实，她并不相信有什么灵魂，但认同物理学里所谓量子纠缠的理论。要是按那个理论，这块区域的气场，之所以那么阴郁，大概就是因为纠缠了太多粒子吧！李颖丽承认自己不是个好警察，没有当侦探的天赋，但是她坚信自己的粒子活跃，在这里，能产生更多的“量子纠缠”。在她看来，那就是灵感的源泉和生活的动力。四十不惑之后，她便很少来这里了。道理很简单，人都不惑了，还要那么多纠缠做什么？可自从饶志国告诉她，洪木木主动要求支援他们这个“天安门下第一所”，她的人生感悟就又精进了一层——人与人的纠缠是想躲也躲不掉的。真像老周说的，该了的都了了吧，那样才能真正不惑，活得踏实。

老周说得轻巧，他自己能做到吗？李颖丽感慨的时候，他还不是一个人顶着太阳最后的余晖，走在回城里的路上。此时，黄昏来临，暑热尽退，天气变得清凉起来。老周却解开脖领的风纪扣，脱掉夹克，与帽子小心卷成一团，夹在腋下。他能想象自己的样子肯定有些落魄。普通人可以随便颓废，警察可不行。所以，想要放松，他必须脱掉那身标志着职业身份的外衣。

像褪去外壳的蝉，默默行走的老周显得单薄、虚弱，步履也显出老人特有的蹒跚。他不是装的，毕竟也是快六十的人了。平时，有那身衣服撑着，他强制自己挺直腰板，迈开大步，此时卸了这身外衣，他好像一下回到自己应有的年龄，背也弯了，步伐也小了，关键是精气神瞬间消失。站在路边，他发现自己已经无异于身边经过的那些普通老者。或许他真该承认自己老了，真该将这个自己坚守了几十年的岗位让给洪木木那样的年轻人了。可他们成吗？他们能像自己这代人那样用生命去守护这个职业的尊严和使命吗？不是老周不放心，实在是现在科技发展得太快，那些年轻人都沉溺于什么大数据、人工智能，有几个还能像他们那样扎实做好基础工作呢？没有基础数据，其他的都是纸上谈兵，天方夜谭。其实，老周不是个保守的人，早在20年前他就听洪涛说过互联网、数据库，他还跟着去参观了一次正在筹建的DNA数据库，并发自内心地对即将到来的科技时代表示叹服。大概是科技进步来得太快了吧，转眼间，他已经不能适应现在年轻人的节奏了。可他真替那些离了监控录像和DNA比对就破不了案的年轻人着急。有朝一日，这些东西都不好使了，他们还能干什么呢？好在，还有个洪木木及时出现在他眼前。一开始，他以为这么会来事的年轻人肯定浑身都是花架子，可后来发现，这小子干起活来有股蛮力和拼劲儿，那样子像极了年轻时的自己。前两天，他还纳闷这小子那些无师自通的招数是从哪来的，原来竟是洪涛的儿子。想到那个他最得意的徒弟，老周的思绪彻底凌乱了……

IV

洪木木当然知道李颖丽和老周是要把他支走。他也知道，经过老周那么一闹，是个有脑子的人就不会再继续那个傻得冒鼻涕泡的事儿。因此，他用一个电话完成了师父交办的任务，就调转车头，实施自己的计划。刚才在停尸房，他就想明白一个道理，明明有个国宝级的活人存在，没必要跟那个不知道是谁的死人较劲。他想趁着老周不在，利用刘萍对自己莫名的好感，按照心理治疗师的方法，打开老太太的心扉。

进病房前，洪木木特意在旁边的庆丰包子铺买了老太太爱吃的三鲜包子和小米粥，又张罗着要伺候刘萍吃晚饭。保姆见状，乐得清闲，毫不犹豫地将自己的岗位让给了洪木木，自己跑出去透风。刘萍睡了将近一天，精神好了许多，闻到食物的香味，连连喊饿。洪木木将食物分放在床桌上，正要像保姆一样喂老太太吃饭。老太太忽然无比清醒地挥挥手："喂什么喂啊，我又不是小孩。"说着，自己拿起餐具，大口吃起来。

自从接触了刘萍，洪木木就百度了阿尔兹海默症的相关特征，还咨询了主治医师，知道刘萍的病已进入二期，认知障碍和记忆障碍都在短期反复中不断发展着，临床表现上有时好时坏的现象。目前医学上尚无具体有效的方法控制病情，只能由家属配合，根据病情发展进行辅助治疗和引导。洪木木不懂医理，但对心理学十分感兴趣，相信即使患了老年痴呆症的老人也有自己的心理活动。要是能弄明白她的想法，虽说不一定有利于治疗，但肯定对病症的控制和治疗没有坏处。此时，刘萍要求自己吃饭，又能吃得很好。洪木木断定，老太太目前的状况，属于正常的老年人范畴，只有对她保持理解和尊重才能获得有效沟通。

"奶奶，吃完饭咱们聊会天吧！"

"什么奶奶，我有那么老吗？"

"嗨，我不是逗您玩儿吗？是不是，师父！"

洪木木迅速反应，脱口而出的称谓放之四海皆准。刘萍忽然不吃了，盯着洪木木仔细看看好一会儿，才没头没脑地说：

“嗯，我们小生子还是那么帅，谁不要，那是谁的损失。”

“小生子？”洪木木想到老周的大名叫周春生，难道是老太太对他的昵称？老太太是把自己当成年轻时的师父老周了？听这话茬儿，像是在说老周失恋的事。洪木木毕竟年轻，没想到这么轻而易举就触及师父的隐私，不由八卦心爆棚。

“唉，可人家就是嫌我……”

“嫌你什么啊？到刑警队十年，重案要案拿下来十几起，军功章也得十来块了吧？这是什么啊？这就是人才，百年不遇的人才。甭理他们！那都不是真警察，都是一群官儿迷！生子，你不一样，你就是为破案而生的，你才是真警察。”

听了刘萍的搭话，洪木木知道自己误会了，老太太此时的思维情境应该是能干的师父没有得到重用，她正劝他不要跟无能的领导计较。那按照师父的思维逻辑，他应该这样回答。

“行，我听您的。”洪木木憨笑着，又递给刘萍一个包子。

“哎，这就对了。”刘萍咬了一大口包子，忽然皱起眉头，“嘿，跟你媳妇儿说啊，这包子水平直线下降，肉太少。”

媳妇儿？师父有媳妇？洪木木坏笑着，赶紧八卦起来：

“我媳妇儿，她，她抠门儿。”

“不许背地里说人家坏话啊！就你挣那点儿钱，不算计着花怎么养活孩子？真是！知足吧你就。”

孩子？师父不但有媳妇还有孩子？洪木木惊得合不拢嘴了。刘萍好像成心要揭老周老底似的，不用洪木木引导，自顾自又说起来：

“这些年，为了破案，你正经在家待过几天啊？人家怀孕这么长时间，你跟着去过医院吗？行了，生子，将心比心，你媳妇一个人又带孩子又持家的，不容易。要我说啊，她今儿来送包子，就是给你一个台阶儿，你还不麻溜儿接着。”

台阶儿，什么台阶儿？洪木木一时大脑短路，不知道怎么接下去。

“怎么着？我的话不好使了？”刘萍忽然不高兴了，眼神立即变得犀利起来。

“好使，好使。我这就给她，给她买花道歉。”洪木木情急，随口胡乱说着。

“买花？哎哟，你小子跟谁学的这洋招数？就你口袋里的那点儿银子，能买几朵啊？真是。”刘萍边吃边琢磨着什么，半天没再开腔。

洪木木暗中舒了口气，原来这冒名顶替也不是那么容易的。

“要我说，咱就来实的。你就给她买肉，买大肘子，让她做。就说我说的，她手艺好，贤惠，大家都好这口儿。哈哈，到时候做好了，你再给我端一盘，这不是两好合一好，我还能跟着沾沾光。”刘萍满足地吃着，脸上露出小姑娘才有的笑容。

“行，行。没问题，就按您老说的办。”就坡下，捎带表衷心，那是现代年轻人的长项，洪木木自然轻车熟路。

“工作的事，你甭管了。不离开刑警队不就得了？案子在哪儿都能破。分局也有刑警队，用不着都综在市局大案队。那废物点心永远是废物点心，别说市局了，你就是给他搁月球上，一样破不了案。生子，听我的，甭跟他们置气，是金子挨哪儿都发光。”

“得嘞，我听您的。”洪木木看老太太吃得差不多了，便把话题往自己想知道的方向引。不过，他有些心急，问话就显得有点儿愣——“师父，您还记得李鑫喆吗？”

刘萍手里的饭勺“当啷”一下掉进碗里，整个人都僵住了。

这时，门被粗鲁地推开，老周一脸怒容地走进来。

“你小子，长行市了，不乖乖回所汇报工作，跑这儿骗老太太话来了？”

“师父，我，我……”

洪木木有点慌。不是因为老周的指责，而是刘萍的状态。此时的刘萍好像瞬间老了100岁，刚才还舒展着的皱褶此时全都纠缠到了一起，皱皱巴巴地团在她瘦小的脸上，让人想到放蔫了的烂苹果。老周知道自己还是来晚了一步。按照洪涛的思维逻辑，他儿子绝对干得出这种自认为聪明的事。可洪涛的优点是，出了事自己能随机应变，这“二世主”可就不一样了，惹事儿行，处理起问题来还是个彻底的“雏儿”。老周故作镇静地走过去收了僵在刘萍手里的饭盆，又拿了杯水递过去，让老太太漱口、摘假牙。刘萍木讷地任由老周摆布，眼睛直直的，动作更缓如慢动作。最后，老周有些不忍地拿起晚上的药盒，送到刘萍手里。看着那粒白色的药片，刘萍忽然抬起头，看看洪木木，又看看老周，眼圈儿蓦地红了。

“老纪说，从今往后，谁也不许再提那个名字。谁都不许提！”刘萍声音颤抖着，语调斩钉截铁。

洪木木和老周谁也不知道如何作答，只能眼睁睁看着刘萍眼里的水雾被自己吸收，目光重新变得浑浊、木讷。老太太吃了药片，不再说话，半靠在病床上，望着已经黑透的窗外，一动不动……

V

像惹了祸的小孩，洪木木乖乖跟在老周屁股后边，一路后悔着自己的冲动断送了刚刚缓和的师徒关系，直到听见服务员的吆喝声，才发现老周又来到一哥面馆。

面馆生意红火，不大的厅堂里人头攒动，服务员忙得脚不沾地。老板阅人无数，又了解老周的脾气秉性，见二位这么就来了，二话不说，亲自将他们引到自己的雅间，让服务员上了两碗面就没再出现。

老周也不客气，见面来了，兀自抱着大海碗吃起来。洪木木见状，犹豫着自己后续表现的“调性”——要想继续保持诚恳的“认罪”态度，那就应该是一副如丧考妣的哭丧状，决不能碰那个大碗；要想活跃气氛，化压力于无形，就应该抱起碗就吃，还得吃得比老周还没心没肺。思来想去，他决定选择后者，大大咧咧拉过面碗，铆足了劲儿，吞下一大口。那动静，果然盖过了老周。可吃了没几口，洪木木就觉得后劲儿不足，关键是好像哪儿不对劲，偷眼望去。只见老周早就停了筷子，一边剔牙，一边专心致志地看他吃面。

“师，师父……您别老看着我啊？”

“看你怎么了？吃，接着吃啊！”

这种气场，心再大也吃不下去了。洪木木把面碗推向一边，怯怯地看着老周。

“没用的东西，比你爹差远了。”

“我，我爹？”

“洪涛，别说你不认识他。”

“我……”

听到那个名字，洪木木脑袋“嗡”地响了一下，接着一股热流便从丹田一直往上顶。自从他看到那个笔记本，这个在他成长过程中像瘟疫一样被母亲和他有意屏蔽的名字就阴魂不散地缠着他。他无法控制自己打开那个笔记本的冲动，无法逃避一次又一次看到扉页上的姓名；他被那个人的描述指引着，一步步走向那个曾经给他带来巨大伤害和痛苦的职业，一步步陷入那些琐碎无聊透顶的工作；他的本意只是想让他看看，用不着像他那样，自己一样能把这个他所说的什么神圣的事业，做得得心应手；他还想让他看看，没有他，自己一样比任何同龄人强。虽然这种暗中的较量持续了快两年，尽管那个名字无处不在地纠缠着他，但是那都在他心里，都是幻化于无形的。如今，那两个字忽然被人说了出来，还说得那么轻描淡写，随随便便。他没有准备，难以理解，不能接受，不知所措……

去他的办公室哲学、好好说话的技巧，去他的谦虚谨慎、谦和有礼，去他的智商情商所有的商，洪木木彻底凌乱了。他只觉得那股热流已经沸腾成气体，直接顶上了脑瓜顶。像被热气顶开的暖瓶盖，洪木木“腾”地一下离开座椅，脸也因为激动变得通红。他知道自己失败了，败给了那个一直跟他较劲的幻影，更败给这个怪里怪气的小老头儿。20天来，老周像看耍猴一样，由着他上蹿下跳，耍怪整妖，原来就是为了这一刻，用那两个字轻而易举地扒掉他所有的伪装，看他在毫无遮拦中无法掩饰的丑陋、窘迫和愤怒。好啊，那就让他看，看他最真实的模样，然后告诉他，他看不起他们，看不起洪涛，更看不起他。他来这里的目的就是要证明，他比他们强，肯定比他们强。

洪木木兀自站着，大口喘着粗气，可心里的话却一个字都喊不出来。

“坐下。”

老周语调不高，足以震慑洪木木已经凌乱的阵脚。他愣了一下，竟双腿一软，重新坐了回来。

“不管你对洪涛有多少误会，那是你们爷俩儿的事。我只想告诉你，我们爷俩儿的事儿。洪涛，是我最好的徒弟，没有之一。”

“可他对不起老婆，不管孩子，不管家，就是没有责任感，就不是好男人。”

洪木木终于喊出了憋在自己心底的话。

“可他是个好警察！”李颖丽破门而入，眼睛里含着泪花，脸上仍是标准的玩世不恭的笑容，“师父，你告诉他，你当时是怎么说我们俩的。”

洪木木看看老周，又看看李颖丽，有点儿闹不清这之间的关系。

“你就别跟着添乱了。木木有一句话说得没错，既然当了警察，就别想当什么好男人。”

“我当警察，就是想告诉他，当警察应该怎么当男人。”

“吹吧你就。”老周一副懒得搭理他的样子。

“看来你真什么都不知道啊。”李颖丽恢复平静，坐了下来，自己给自己倒了杯茶，举过头顶好一会儿，才一扬脖喝酒似的干了。然后，对着方桌没人的一边，轻声说：“对不住了，我受不了了，我得把一切都告诉他。”

说着，李颖丽转向洪木木。

洪木木有点儿慌，本能地抵触着：“是跟我说吗？说什么啊？说他，还是说我妈？他们的事儿我不掺和，我们家的事儿也用不着你们说。咱们不是说刘奶奶的世纪之恋吗？不是说那什么国民党特务吗？怎么，扯到我身上来了。是，我不该，不该冒充师父去套老人家的话，可我也是……”

“孩子，对不起啊。我真不知道，要知道你是……”老周忽然打断了洪木木的话，态度180度大转弯地自责起来，“唉，我这人毛病多，脾气各色，嗨，反正是让你受委屈了。你别往心里去。”

“师父，您这是替他爹修理他呢，有什么对不起他的？”

“你少插话。”老周制止了李颖丽，继续自己的语重心长，“木木，你的努力，大家都看见了。挺好的，真挺好的。可作为你父亲的师父，有件事我必须提醒你——人做事儿啊有目标是好事儿，可目标要变成了目的，就显得不那么纯粹了。你跟当年的你爹，差就差在这儿了。就凭这个，你就超不过他去。”

“那他，他当年什么样？”

“就那本日记里的样儿。”李颖丽替老周回答了。

“什么？那本日记——难道……”洪木木彻底晕了，怎么一夜之间，这些人都与那个他不愿提起的人有着亲密联系？难道他千方百计自己走进的，竟是一个人家早就设计好的怪圈？

“怎么，想不到吧？就是我寄给你的。”李颖丽挑衅似的看着洪木木。

“行了。都说到这份儿上了，丫头，你就告诉他吧。本来就没什么可隐瞒的，都是洪涛这小子，太多愁善感。”

“他……”

李颖丽真想告诉师傅，不是洪涛多愁善感，是她，一切都源于她那份未了的情愫。她忘不了初次见面的情投意合，忘不了共同涉险的惊心动魄，更忘不了生离死别的郑重嘱托……一时间，李颖丽似有千言万语要倾吐，可看着洪木木那张酷似洪涛的脸，她又变得像很多年前一样，什么都说不出来了。

李颖丽清楚地记得，那一年，她刚满20岁。

第六章 《一生何求》不止是一首歌

I

一周之内，学会用粤语唱陈百强的新歌《一生何求》。这是刚满20岁的李颖丽给自己定的新目标。

前些日子，不知为什么，李颖丽忽然不管不顾地爱上了唱歌。要不是当公安局局长的老爸穿着官衣儿到人家唱片公司“作威作福”了一回，她真敢立马退学，跟人家去香港唱歌。不过，好在没走，走了，她就碰不上自己的白马王子了。新年还没到，学校就宣布取消寒假，全体警校学员到基层实习。李颖丽是噘着嘴到刑警队报到的。不过，一天不到的功夫，她又咧着嘴回了家。这功劳便都要归功于那首《一生何求》。

音乐的魅力就是那么大。话说报到那天，李颖丽闭着眼睛听分局那个老头儿念经一样念叨了一个多小时，忽然内急，小跑着去上厕所。正酣畅淋漓之际，忽听得对面男厕所传来一阵低沉、忧郁的男中音：

……

常判决放弃与拥有

耗尽我这一生

触不到已跑开

一生何求

迷惘里永远看不透

没料到我所失的

竟已是我的所有

……

尽管那歌是用粤语唱的，但李颖丽完全被那个充满磁性的歌声征服了。她迅速整理好衣服，手都没顾上洗就跑出厕所，巴巴地等在男厕所门口，只想把那首歌听完。谁想，等来的是一阵冲水声。接着，一个中等身材的男人从厕所里走出来。当时，正有一缕阳光穿过楼道，照在男厕所门口。逆光中，李颖丽看不清那人的脸，可凭着轮廓和想象，大脑神经发出错误的信号。

“天哪！张国荣。”李颖丽惊呼一声，几乎扑到人家身上。

男人此时已经走出光影，看着犯了花痴的李颖丽，一脸坏笑：“姑娘，我有那么帅吗？”

李颖丽使劲儿揉了揉眼睛，发现站在自己面前的是个长得跟张国荣有几分相似，一看就是南方人的男孩。他的岁数不一定比自己大，却装出一副少年老成的样子，偏偏那对小虎牙暴露了他的幼稚。但也是那对小虎牙发出的贝壳样的光泽，让李颖丽被电了一下似的，愣在原地。

“张国荣”被李颖丽盯毛了，开始上下打量自己。

“哈哈，哈哈。”李颖丽意识到自己失态，赶紧趁机大笑，以掩饰自己的花痴样。

“你，你没事吧？”

“我，没事儿啊！我是笑你，唱得什么啊，跟袜子套在鞋上的外国话似的。”

“什么的外国话？”

见对方根本听不懂自己的幽默，李颖丽也不想逗他了：“我就想问你，刚才唱的什么歌？”

“刚才？”“张国荣”白皙的脸忽然红了，好像刚做了什么见不得人的事。

“就你……你上厕所时唱的。”李颖丽也意识到，自己问的那个时间有些尴尬，可听都听了，有什么不好意思问的？

“那，那是陈百强的新歌《一生何求》。”

李颖丽就这么记下这首歌，也就这么认识了云南省厅派来的交流实习生洪涛。更巧的是，两个一起上厕所的实习生，同时错过了到主席台上与自己的前辈师父“结对子”“照合影”的机会，害得其实也是新来报到的市局交流干部周春生，一个人尴尬地站在台上，被台下人起哄。

仪式过后，会也就散了。周春生铁青着脸去厕所放水，被好心人提醒，门口那两位站在洗手池边聊得眉飞色舞的“白板”（当时称实习警员为“白板”）就是他未来的高徒。

周春生是带着市局“优秀侦查员”的帽子到分局刑警队来当重案组组长的。来之前，他的师父、市局专家级侦查员刘萍就告诫他，基层不比市局，一定要入乡随俗，保持低调。所以，他本打算凡事不计较，闷头多干活的。哪知一上来就被两个生瓜蛋子来了个下马威。正所谓，是可忍孰不可忍。他借着洗手的功夫，甩手甩脚地站在二人跟前。可人家正聊得起劲儿，齐刷刷地躲垃圾一样躲开他，继续聊。周春生的火更大了，一闪身，影壁一样挡在俩人中间。

李颖丽正被洪涛讲的王杰的励志故事吸引，忽然被一个人挡住了视线，眉毛立马就竖起来了。

“看什么看，我是周……”

“大爷，您是谁也不能站人家中间吧！您没看见我们正在谈，谈工作呢吗？”

“谈工作，会都散了，知道吗？”

二人这才发现，会议室的门打开着，里边没剩几个人了。李颖丽杏眼圆睁，没了主意。洪涛赶紧上前一步，双手握住周春生的手，真诚地闪着湿润的眼睛：“您就是周师父啊。在我们局就听过您的事迹，没想到在这儿见到您，真是，真是三生有幸啊！”

周春生面无表情地任其使劲摇着自己的手，干笑两声：“还相见恨晚，对吧？”

“啊？啊！相见恨晚，相见恨晚。”洪涛不明白对方的意思，但明显感到了火药味的气息，使劲儿向李颖丽使眼色。李颖丽任性惯了，哪知其中关节，见洪涛向自己眨眼，以为他让自己自我介绍，心里虽不乐意，但又不想驳了帅哥的面子，只好一手插兜，一手傲慢地伸到周春生面前：“我是李颖丽。”

不明事理的人周春生见过，可这么生猛、鲁莽的女孩，还真是少见。他自认倒霉地跺了跺脚，眼不见为净似的走了。

“哪儿来这么一大爷啊？你认识啊？”

“我？你大爷我怎么会认识？”

“我大爷？啊，哈哈哈哈哈……”这会儿，李颖丽智商在线，迅速理解了洪涛的幽默，顿时笑弯了腰。

“哎，你别笑，刚开始，你一叫他，我真的好害怕啊，心说，我的天啊，这姑娘有个当警察的大爷，我可得小心了呢！”

“哎哟，你，你……”

“后来，你那么一说，我才反应过来，这就是笑话里的那个北京大爷。”

“哎哟，你太逗啦，受不了了，受不了了。”

洪涛一本正经讲笑话的招数让俩人的距离更近了。李颖丽笑够了，才用崇拜的目光看着自己的新朋友，提出对洪涛来讲几乎是弱智的问题：“那你怎么认识他的呢？”

“我的天，原来横路敬二真是存在的啊。”

“横路静儿是谁啊？”李颖丽更不明白了，学着洪涛的口音，重复着。

“啊，赐予我力量吧，希瑞。”洪涛无奈地做出呆傻状。

李颖丽这才反应过来，他说的是横路敬二，日本电影《追捕》里那个被弄傻的人。

“好啊，你骂我！”李颖丽举起拳头就要打。洪涛一个反手，将其制住。

“你们北京警校的功夫不灵啊！就你这花拳绣腿，还当刑警呢？”

“放开我，我没准备好呢？再说了，好男不跟女斗，有本事，你跟我们班男生练练去。”

见她这么说，洪涛反倒不好意思了：“你自己不好好分析，还打人，真是唯女子与小人难养也！”

“谁让你养！”李颖丽整了整衣服，仍有些不甘心地问，“这大爷这么有名啊！你在你们单位真听过这人的事迹啊？”

“哎呀，那大爷摆明了是来找碴儿的，你再不捧捧他，难道真要打架不成啊？”

“也是啊，可是你怎么知道他就是你师父呢？”

“他不是一上来，就说自己姓周。你的刑侦课怎么上的啊!”洪涛对李颖丽是彻底无奈了，正准备结束谈话，忽然想起什么，慌忙从兜里掏出被自己折成纸三角的会议文件，一目十行地看起来。

“怎么了，看什么呢？这个啊，我也有。”李颖丽说着，也掏出自己的文件……

文件上，几个熟悉的名字，几乎同时扑进二人的眼帘——“重案组师徒结对子名单：师父周春生，带徒弟洪涛、李颖丽。”

十秒钟后，楼道里传来洪涛低沉的男中音——

常判决放弃与拥有
耗尽我这一生
触不到已跑开……

还有李颖丽没心没肺的笑声伴唱。

一南一北两个年轻人就这么相识了，李颖丽的好心情也随着歌声的传递历久弥新地持续着。她变得异常勤奋，上班对她来讲，早成了天下最幸福的事。不过，那时候的女孩还不好意思直白表达自己的感受，更不会轻易承认那种心动的感觉就是爱情。她能做的只有偷偷练歌，虚心请教。当她终于能用粤语完整唱出《一生何求》的时候，她觉得自己跟洪涛的距离，莫名地近了。

II

一下班，周春生就毫无留恋地离开了新的办公室。他还不能习惯这个灰墙水泥的新式建筑，不能适应里边陌生的面孔。一天班上得他浑身不得劲儿，必须回到城中心，那个老旧的小办公室，守着师父刘萍，抽上两支“大前门”，才能还魂。

从车棚里推出自行车，他正琢磨着，路上经过稻香村，买上两块师父喜欢的牛舌饼和梅花蛋糕，再切半个小肚儿，犒劳自己馋酒的胃，这一天才算完美。忽然，一双大手牢牢把住他的车把。

“生子，救命啊！”随着一声哀号，一个壮汉几乎跪在他的面前。

周春生一把扶住来人，定睛一看，竟是多年未见的插队时的战友——和平。

1979年，俩人按照政策，同时回到了阔别五年的北京城。记得当时他们都是豪情满怀，志比天高，发誓不干出点儿模样来，绝不再回北大荒，见那些留在那儿的兄弟姐妹。为此，他们还特意到天安门广场前，留影为证。现在，照片还在家里写字台玻璃板底下压着呢！要说这十年，他努力工作，破案无数，也算是对得起当初的誓言。听说和平没有接受分配，跟着几个哥们儿当起了倒儿爷。这两年走南闯北，没少赚钱。如今，他忽然来寻，又是这样的模样，肯定是遇上难事了。周春生哪里还顾得上自己的小情绪，扔下自行车，拉着和平就回了办公室。

和平是真出事了。他刚满四岁的大胖儿子被人绑架了。

“生子，我这两年倒腾东西，挣了钱了。没事儿，要多少钱，我给，我给，你就告诉丫，多少钱都行，千万别动孩子。我们家儿子要是少一根毫毛，我，我就……”和平完全乱了阵脚，已经有些语无伦次了。

“和平，别着急。你今天到我这儿，就是来对了。心放肚子里，哥们儿现在就管这个，明儿我就把咱儿子给找回来。”

“啊？真的？真的，哥们儿，真的，哥们儿？”和平的声音打着战，眼睛里禁不住冒出泪花。

“妥妥的，放宽心。这种案子，最关键就是关系人。你先喝两口水咱挨个儿捋。”周春生嘴上这么说，心里却在盘算是不是应该将案件上交市局？按说，绑架案是大案，应该由市局组织力量，尽快解救。可他刚来分局刑警队，要是能成功解救人质，一举拿下绑架大案，肯定能马上树立威信、得到人心，将来……

想到这儿，周春生的主意已定，即使人员生疏，没有默契，他也要自己办这个案子。

领导考虑到周春生的战功和工作能力，破例同意了他的请求，答应调集一切力量配合他破案救人，还暗示他，如果案子办得漂亮，虚位以待的分局刑警队长的位置就是他的。

就这样，于公于私，于情于理，周春生都已经没了退路，只能一往无前。更何况，第一次看到那个可爱的孩子的照片，他整个人都软了。他是孤儿，无父无母，更没有兄弟姐妹。他那时候刚结婚不久，老婆正给他怀着后代。虽说跟孩子还没见过面，但看着老婆渐渐隆起的肚子，他已经能够理解生命延续的意义。看到那个孩子的照片，他好像看到了自己还没出世的孩子。他立即就明白和平说的，儿子东东是他的命，不是瞎说的。也是从这时候开始，周春生明白了写在文件里的那些“大词”——急群众所急，想群众所想，不遗余力，保护人民群众的生命财产安全的真正含义。所以，周春生给自己两个新徒弟的动员讲话就显得无比朴实。

“没别的，把孩子全须全尾儿救回来，上对得起领导的信任，下对得起群众的重托，最关键，我们得对得起这份儿差事，对得起自己的良心。”

刚刚活了20岁的李颖丽还没想过这么深层次的问题，听得似懂非懂。洪涛倒是立即响应地拍起了巴掌。可周春生没理他。他总觉得那个南方小子，浑身上下透着跟年龄不符的城府，反倒是那个傻丫头，白开水一样，质朴得可爱。

绑架案时间节点很关键。周春生没时间长篇大论，更没时间答疑解惑，做什么思想工作。简单分析了案情，他就按照以往的经验，开始排兵布阵。考虑到两个年轻人的特点，他将在事主周边蹲守的任务交给了二人。这是一份简单而关键的任务，最能考验人的耐性和毅力。重要的是，枯燥和无聊最能暴露人的品性，他还想通过这次任务，好好看看，这两个小家伙是不是当刑警的料。

工作部署完毕，洪涛和李颖丽被连夜送到了临时工作点——一片平房区的最高点，某废弃的绣楼上。

“我的天哪，这也能叫绣楼？”李颖丽站在那个早被改得面目全非的阁楼不像阁楼，工房不像工房，地板一踩就“嘎嘎”作响的建筑里大发感慨。

“哎呀，那是它前世的叫法，你现在踩的是它的今生。”

“啊？那今生它叫什么？”

“今生它叫危房。你没看见这四处全是画着圈儿的拆字。估计，它的来世就是平地了。”

见李颖丽没听明白，洪涛指着那些细密如织、四通八达的胡同和破败的房顶详细解读了他的分析。这里建筑密集、杂乱，与一条长安街之隔的城内格局有着天壤之别，加上民房破败，环境杂乱，不具有保留观赏价值。而且这里地处交通要道，是贯通南北的必经之路，所以才是市政规划重点改造和拆除的对象。

晨曦中，洪涛隔着窗户边讲边比画着，好像一个指点江山的将军。李颖丽痴痴看着，心里连连叹服。

“小李，咱们可得打起精神来，我怎么预感，绑匪就是要利用这里的乱象和四通八达呢？”洪涛看着四周的地形，忽然觉察出什么。

“你别吓唬我啊，咱们就是看摊儿的，要绑匪真出现了怎么办？”

“能怎么办？上啊！”

这是李颖丽听到的最豪气的话，也是那个瞬间，面前那个儒雅、清癯的南方男孩成了她心里最阳刚的男性形象。

“成，你说干吗就干吗！”

“别啊，咱俩现在可是搭档。搭档懂不懂，就是，神探亨特里的亨特和麦考尔，要相互配合，心灵相通。”

“心灵相通？我们……”

“我意思就是，我们得彼此知道要做什么，行动时才能保持默契。”

李颖丽知道自己想多了，可仍然使劲儿点点头。洪涛看着她迷茫的大眼睛，闪烁着无知的光芒，只好借梳理案情之名，给这位名副其实的“警花”又讲了一遍任务的关键点——

和平回城以后，靠倒卖商品掏得第一桶金，承包了某国营小饭馆，改造成新型餐馆。不久，又在城里开了4家分店，成了“先富起来”的人。期间，他经人介绍与一常姓女子相识，结婚。婚后，二人育有一子，小名东东。和平家三代单传，对东东宠爱有加，据说，当年的满月酒席就摆了上百桌。现在，东东刚满四岁，刚刚结束由保姆全天候看护的生活，被送到附近最好的幼儿园，接受学前教育。东东妈本不愿孩子离开自己的怀抱，但和平认为男孩子要“穷养”，坚持将其送进幼儿园，承诺自己每天亲自接送。一段时间之后，孩子适应了新生活，还学了新知识，和平深感欣慰，便一心扑在生意上。近日，他的第五家分店即将开张，各种事务纷繁复杂，和平分身乏术就将到幼儿园接孩子的活儿交给了自己的司机刘光明。哪知，两天前，刘光明去幼儿园接东东，被告知已被接走。半日后，和平收到用报纸铅字拼凑的，勒索500万人民币的纸条。

“纸条是顺着和平家门缝塞进来的，就是那个小院。”和平举着望远镜，详细指给李颖丽看。

“那你意思是说，绑匪还回来？”

“不好说啊，和平家有电话，绑匪的下一步指令可以通过各种渠道传递。”

“师父他们不是已经缩小了嫌疑人范围？技术的也都盯着，还要咱们干什么啊？”

“我觉得师父是把咱俩当成最原始，也是最后的防线。”

“说白了不就是垫背的吗？”

“管他什么垫背不垫背，救孩子是关键啊。绑架案，黄金时间没几天。”

“什么黄金时间？”

“噢，这是我从国外的侦探理论中学来的。他们认为每一类案件的侦破节点和关键时间都不一样，说得特有道理。”

“是吗？那你借我瞜瞜，省得我爸老说我不读书不看报，就知道瞎折腾。”

两人有一搭无一搭地闲聊着，视线半点儿也没敢离开不远处那个小院。

暮色中，小院被一片昏暗笼罩着，落寞、消沉，与不远处一片荒废的院子连成萧条的一片。洪涛的视线被隔壁院落的荒草吸引，禁不住让李颖丽通过同学关系，调查那个跟和平家仅一墙之隔的“影壁胡同三号院”。

李颖丽同学很快反馈，这片民宅都是落实政策返还的家传产业。和平家的小院是其妻姥姥家的祖产，虽说只有五六间正房，但是经过改造和搭建，又扩出去五六间偏房。房顶还用木梁搭了葡萄架，形成整体的勾连，从高处俯视，方方正正的一块，私密、规整，小有气势。令隔壁多年无人问津的荒宅形同虚设。虽是荒废多年的院落，洪涛却觉得那个阴森森的荒宅里隐藏着什么不为人知的秘密。

III

自从报案后，和平就没离开过这个小院。他要在家等消息，也要做第二手准备。钱是身外之物，东东只有一个。他也不是不相信警察，只是多年打拼的习惯，让他更加相信自己。所以，在报案的同时，他也在筹措资金。不就是钱吗？给，只要东东平安无事。

街门被敲得“咚咚”响，打扮成保姆的警察领进来的是司机刘光明。和平拉着刘光明就进了自己的卧室。刘光明手里的黑书包沉甸甸的，和平的心里空落落的。那是他四个店面的出让金。

与此同时，周春生也带人夜以继日地梳理了和平的关系人，排除了熟人作案的可能，将视线落在一个近年来专门绑架有钱人家人的犯罪团伙上。按照现有的线索和细节，极有可能是这个团伙发现了和平这个京城的新大款，才跨省作案。周春生唯一不很确定的是赎金的金额。这个团伙之所以得以多次逃脱，原因就在于赎金数额不大，受害人可以承受，一般选择救出人后才报警抓人，给侦破工作造成极大被动。而这次，数额巨大到一般人难以承受的地步，逼得受害人先行报警。即使作案手法上极为相似，但金额是绑架案的关键，周春生不能完全说服自己，才安排两个新警做了最后的防线。

奇怪的是，三天过去了，警察的网布好了，和平的钱也筹齐了，绑匪的交易信息却迟迟没有出现。和平沉不住气了，开始带着司机刘光明满城转悠找孩子。周春生急得满嘴起泡，带着人对所有关联人员进行拉网式地盘问。结果仍是一无所获。

变化总是发生在不经意间。东东被绑架第四天晚上，和平抵不住连日的疲劳和焦虑，在寻找东东的路上，犯了胃痉挛。刘光明将他送往医院急救室，自己回车里拿衣服，发现情急之下忘锁的车门居然大敞着，一个信封赫然放在副驾的座位上……

信封里果然是绑匪的交易信息。经技术鉴定，信封上残留的半枚指纹，与绑架团伙遗留在另一起案件中的指纹比对成功。周春生确定了自己的侦查方向，集中力量安排在交易时，抓捕罪犯，解救人质。

行动前，周春生与和平发生了一点儿小争执。周春生让和平拿着公安局给他准备的假钱去交易。和平不同意，坚持用自己准备好的真钱。周春生拗不过他，只能布置警力，悄悄跟着他那辆黑色桑塔纳，赶往交易地点。

洪涛和李颖丽从望远镜里看着和平开着自己的黑色桑塔纳，缓缓出了胡同口。化妆警员最后锁上了街门。两人不约而同松了口气。

“哎，总算完了。这盒饭吃得我胃都抗议了。”李颖丽伸了一个大大的懒腰，开始筹划破案后的放松。

洪涛看看几天来的监控记录，始终没有搭茬。

“嘿，傻子，一会儿撤勤了，我请你吃老北京涮肉吧？”

洪涛像没听见一样，拿起望远镜，望向那个已经恢复平静的小院。

“怎么了？人都走了，还有什么可看的啊！”

李颖丽凑到窗前，向外望去。此时，华灯初上，四周的昏暗被星星点点的灯光点缀着，映衬着不远处被照明灯照得光芒万丈的天安门城楼。忽然，李颖丽童心泛滥，扯着嗓子唱起了《我爱北京天安门》。

我爱北京天安门
天安门上太阳升
伟大领袖毛主席
指引我们向前进

望着她孩子般的样子，洪涛不由笑了，随即用低八度的调子附和起来。二人的嗓音出奇和谐，简单的曲调在无伴奏小合唱的演绎中，呈现出特有的魅力和韵味。曲毕，两颗年轻的心，莫名激动起来，而这时他们才发现，二人已不谋而合地来到窗口。窗外，万家灯火映衬着斑驳夜色，唯有一片清浅、金色的光，烘托着不远处那座庄严、神秘的建筑。

“洪涛，你快看啊。晚上的天安门，多雄伟壮观啊。”

洪涛点点头，看着那个他从小就向往的地方，第一次相信老师的话。

“原来，天安门真是金光万丈的，画上不是瞎画的。”

“别说，长这么大，我还第一次这么认真地看天安门。”

“你们北京的孩子就是幸福，生在五星红旗下，长在天安门城楼边。哪像我们啊，能见到天安门的图片就觉得很幸福了。”

“啊？真有这么大区别？”

“那当然了。天安门代表什么？在我们那，那就是首都北京，就是伟大祖国，一辈子能来一次，死都值了。”

“天啊，那现在你跑天安门脚下来了，虽然只是个绑架案，但往大了说，你也是在保卫着天安门，保卫全中国啊？小同志，厉害啦！”

“一起厉害，一起厉害。”洪涛被李颖丽说得有点儿小激动，可话锋一转，情绪不免低沉了，“真是羡慕你们首都的警察啊，设备先进，接触的东西也多，随便破个案就能史册留名。哪像我们那啊……”

“那你就留下来别走了。就是啊，你这么优秀，你去考公安大学吧！我爸让我考警院呢，听说现在公安大学好多都到本地警院代培。到时候，咱俩就是同学啦！”

李颖丽被自己的设想激动着，一点儿没发现洪涛的变化。

洪涛双眉紧皱着，脸几乎贴到窗玻璃上。

“怎么了，又看见什么了？”

“师父是不是说和平那院里不留人了，都去交易现场？”

“对啊。他媳妇也回娘家了，院里肯定没人了。”

“那怎么会亮着灯呢？”

“对啊，咱们刚才也没见有人进院门啊！”

“不行，我得看看去。你在这儿守着，我看看去。”

“那咱俩一块去，有什么事还能互相照应。”

“不行！撤勤命令没来，这个岗就不能没人。你在这儿好好看着，让指挥中心跟师父联系，报告这儿的情况。”

李颖丽哪经过这样的阵势，紧张得嘴唇都白了。

“嘿，别告诉我你害怕啊，你可是天安门脚下的警察啊，代表着全中国呢！”

“我？我有什么害怕啊，倒是你……一个人……”李颖丽担心得快哭了。

“嗨，我啊。我就更不害怕了。我虽不是你们北京警察，可这儿是哪啊，看见没，天安门的祥光照着我呢，不会有事的。”

两人再次不约而同望向窗外，天安门四周那片金黄的光线果然和煦如初地照射着四周昏暗的天空。洪涛向李颖丽咧了咧嘴，露出一个紧张的微笑。李颖丽想扑过去拦住他，却只能看着洪涛头也不回，跑下楼去。楼道里“咚咚咚”的脚步声渐行渐远。

突发的情况能让人瞬间成长。两个都没有实战经验的新警，就这样本能地肩负起守卫最后一道防线的任务。

李颖丽在制高点上，继续监控周边情况。洪涛一个人敲响了和平家的街门。奇怪的是刚刚还能听到的“咚咚”的声音，随着敲门声戛然而止了。

“有人吗？”洪涛又叫了几声，闪到一边，观察着门缝里透出的光柱。

四周静得只剩下自己的呼吸声。洪涛捂住口鼻，一动不动地看着那个带着轻微灰尘斜射在暗影里的光柱。过了好一会儿，光柱终于被什么挡住了。洪涛紧张地握紧了拳头。可是，门并没有开。那个挡住光柱的物体，在门边停了一会儿，又无声地走开了。看着重新出现的光柱，洪涛迅速做出判断——屋里不但有人，而且是见不得人的人。可不管他是谁，肯定跟这起绑架案有关。十秒钟之后，洪涛显露出一名优秀警校生和一名优秀准刑警的专业素养。他没有继续叫门，更没被各项规章制度束缚，而是迅速找到着力点，凭借警校练就的“三步上栏”的翻墙本领，果断跳进了院子。

院子里昏暗的光线全部来自正房客厅的照明，可这一点儿都不妨碍洪涛看到院中央那个被砸开的保险柜和被影壁的阴影照得身形模糊的人。而他的从天而降，也令对方惊落了手里的斧子。

金属敲击地面的清脆，瞬间接通洪涛刚刚短路的大脑，并令其迸发出神赐的智慧。

“孩子呢？”洪涛没头没尾的问话，得到一个本能的手势。黑影里的人下意识地指了指院子西北角的小棚子。

忽然传来的警笛声令二人同时恢复了正常思维和反应。洪涛认出面前的人就是和平的司机刘光明。刘光明也意识到，这个毛还没长全的小子不是正经警察。他一把抄起地上的斧子，胡乱挥舞着，向洪涛扑来。洪涛敏捷地躲闪着，怎奈赤手空拳，无法抵挡，很快就被逼到了角落。这时，院门被好几个拳头砸得山响。

“开门，警察，开门，再不开门砸了啊……”

听到周春生沙哑的嗓音，洪涛来了精神，大喊着：“师父，快，绑匪是司机。”

刘光明见状，无心恋战，掉头跑向西北角的小棚子，一矮身就不见了。洪涛一骨碌爬起来，追了过去。可到棚子前，他才发现，棚子下边的地面早就被刨出一个井盖大小的大坑，里边漆黑一团，什么都看不见。洪涛情急，眼一闭心一横，就要往下跳。

一只大手，结结实实把他甩到身后。

“臭小子，不想活了。”

原来，是周春生及时赶到。他阻止了洪涛，自己却只用手电照了下深浅，就毫不犹豫地跳了下去。

……

IV

李颖丽没想到喝醉酒的周春生完全是另一副模样。他敏感、细致、感伤、哀怨的诉说，几乎重现了鲁迅笔下的那个令人惋惜的妇人。

“谁知道那地底下都是通着的啊。他们挖防空洞那会儿，我还在北大荒种地呢！”

周春生最大的自责和永远迈不过去的坎儿，就是这个命运利用历史、地理的客观现实，跟他开的这个巨大的玩笑。在他带着人满世界找嫌疑人的时候，嫌疑人就在被害人身边；而令所有人更想不到的是，那个被大家寻觅、牵挂了将近100个小时的孩子，从某种意义上说，一直都没有离开自己的家。他一直在离自家院墙十米远的隔壁院落的防空洞里，默默地等待着……

“师父，您也别太自责了。那司机刘光明，他就这一片儿长大的，恨不得祖宗三代都住旁边那院。谁能有他熟悉地形啊！”

“防空洞这设计，真神了。我跟你们说啊，要都按上灯，那开个旅馆饭馆啥的，玩儿似的。”周春生像没听见似的，思路仍在自己的逻辑上：“不过，就一样啊，别跟排污管连上，要不然一倒灌，全完。我啊，说到底跟那个刘光明一样——没文化！”

“师父，您别说了。”李颖丽不忍再听下去。洪涛示意她保持安静。他明白，男人倾诉的时候，不需要回应。

“我从那小棚子一跳下去，就蒙了，当时就找不着北了。四周黑布隆冬一片，就一个一人宽的小窄道，没别的路。我想那孙子能顺着跑，我也能。闭着眼，我就追下去了。没承想，越跑越宽，到最后直接跑一小屋里了。你们说神奇不神奇？”周春生故意咧着嘴，露出比哭还难看的笑容。

洪涛适时拿起酒壶，添满他面前的酒杯。周春生不客气地端起酒杯，一口干了，抹了抹嘴，接着说：“那小屋不大，却有两个门。一个门开着，外边的冷风呼呼往里灌。我想那小子肯定从那跑了。可我没追下去。你们知道为什么吗？我，我看见那扇关着的门。当时，向毛主席保证，我当时真听见有孩子哭了，我当机立断，我，我得先救孩子。那王八蛋跑不了，是吧，我得先救孩子。我没错吧，没错吧！”

周春生使劲儿拍着洪涛的手，一遍遍地问着。

“没错，师父，您没错。”作为事件的见证者，洪涛坚信，如果当时跳下去的是自己，他也会毫不犹豫地选择先救孩子。

“我知道孩子在里边，可我不知道那下边还有一层啊。你说，大冬天的，哪儿来的污水啊，偏偏那里边就灌满了污水。但是我手电快没电了，根本看不清里边情况。我也顾不了那么多了，憋了口气，我就跳了下去。那水又臭又凉，当时我都不觉得，我只觉得前边有什么指引着我，快过去，快过去……就这会儿，我看见一东西，红色的，模糊一团，在前面飘飘忽忽的。我当时，我就，我就知道，那准是东东。”周春生呆滞地望着面前的墙壁，仿佛又回到那个寒冷恐怖的防空洞。忽然，他的声音提高了八度：“我扯开嗓子就喊：东东，东东，别怕啊，大爷来啦，大爷来救你啦。可你们知道我当时的真实想法吗？我他妈当时心里喊的是，孩子，你别死啊！千万别死啊！看看，看看，知道什么是混蛋了吧？我，周春生，我就是个混蛋，混蛋啊……”

在骇人的哭声和恶毒的谩骂声中，周春生彻底醉倒。李颖丽也被他的讲述完全代入那个令人心碎的情境，趴在桌上哭得喘不过气来。洪涛的胸脯剧烈起伏着，眼眶也是湿了干干了湿。他能理解师父作为老刑警的窝囊和委屈，更能体会败给对手的警察的挫败和自责。可事实就是这样，孩子死了，钱被绑匪抢走了，犯罪分子逃了，唯一的线索就是那个与绑架团伙吻合的半枚指纹。他不知道周春生将如何面对今后的一切，但他觉得真正的刑警是不会被打倒的。哪怕穷其一生，他也一定会抓到那个罪犯。

两天后，李颖丽和洪涛经历了人生第一个也是最难忘的案件总结会。开场前，坐在最后排的他们如芒刺背。各种风凉话、议论声，几乎将周春生淹没。单纯的李颖丽担心师父受不了，甚至想出损招，阻止师父来到现场。

“我假装医院的，就说他妈病了，让他赶紧来医院。”

“省省吧，师父是孤儿，没妈。”

“那，那怎么办啊，你想想办法啊，真让他来这儿听这风言风语啊。”

“不然呢？该听就得听。”

“你这人怎么这么冷酷呢？”

“不是我冷酷，小李，你想想，师父的现在没准就是我们的将来。当刑警，就会遇到破不了的案子。就跟医生总有救不了的病人一样。难道为了这个就不干了吗？不会，我觉得师父绝不是软蛋。”

周春生是踩着洪涛的话音进入会场的。平时很少穿制服的他，特意穿了一套新警服，脸上新刮的胡茬，露出一片青色。他并没有着急落座，而是先环顾了一下会场，然后走到领导席前，从兜里掏出一张四吋彩色照片，上边是笑着向镜头跑来的胖乎乎的东东。会场，立即静了下来。

“这就是东东。”周春生站在台前，平静地说，“这个案子大家都知道了。虽然我在工作上没有失误，但是事实是，孩子死了，坏蛋跑了。这就是我这个警察最大的失职和最大的耻辱。开会之前，我想耽误大家几分钟时间。”周春生故意顿了顿，接着说，“我就想让大家给我做个见证，我周春生今天对着孩子的照片发誓，今后无论走到哪里，一定要抓到那个杀害他的王八蛋。”

周春生激动的誓言并未引起应有的反应。现场除了洪涛和李颖丽都是老警察，很难被周春生空洞的表态影响。对此，周春生似乎并不在意。他甚至不顾已经入场的市局、分局各级领导，继续说：“大家都是刑警，今后还会碰上各种案子，在这儿，我请大家答应我一件事儿，将来无论谁先碰上那帮孙子，知会一声儿。我老周先在这儿道谢了！”说着，周春生对着会场的所有人深深鞠了一躬。不知是谁第一个鼓起掌，瞬间，会场一片雷动，比任何一次领导讲话后的掌声都响亮、长久。

后来，周春生的执着把自己变成了一个传说。那个劫杀雇主儿子的嫌犯刘光明，一直以其罪大恶极的罪行和变化多端的行踪常年占据公安部全国通缉犯之首。和平结束国内所有生意，离开伤心地，到异国他乡闯荡。李颖丽和洪涛没有成为同学。实习结束，他们按照各自的人生轨迹，继续前行。李颖丽似乎难忘在工作点时见到的奇观，在公安改革时主动要求分配到那个天安门城楼下的派出所，成为名副其实的天安门警察。对于那段没来得及表白就面临结束的情愫，她选择了默默隐藏。只在偶尔听到那首老歌的时候，稍微激动一下。

时间不会因任何外力停止，可缘分的封印从来不会那么容易解封……

第七章　不是所有的往事都会如烟

I

李颖丽声情并茂、声泪俱下的讲述并没有得到洪木木的共鸣。现在的年轻人，电影、电视、网络小说、纪实文学看得太多了。所以，越像故事的真事儿，越难感动这些看二次元长大的人类。尽管李颖丽餐巾纸用了大半包，老周的烟也抽得嘴角发木，洪木木仍面无表情，一脸懵圈状。

“小毛头，你的心是铁打的啊，怎么一点儿感觉都没有？”

“师姑，您这里眼泪飞了一大堆，我都没弄明白您是为那可怜的孩子，还是为您那无疾而终的爱情。不就是一个不成功的案例吗？至于这么念念不忘吗？”

“臭小子，我之所以说得那么细，就是想告诉你，你爸他是多么优秀。”

"您那是情人眼里出西施，跟我有半毛钱关系吗？在我心里他永远是抛妻弃子的负心汉。工作是工作，生活是生活，永远不能混淆。没事儿的话，我先走了。刘奶奶那里，我不放心。"

"嘿，你小子。"李颖丽还要说什么，被老周用手势制止了。

"去吧，看看你奶奶没事儿就回去休息吧，也累了一天了。"老周的宽容显得很不正常。洪木木用怀疑的目光偷偷看了他一眼，看到的是一张忽然苍老了很多的脸。他的心莫名地颤了一下，迈出的脚步，下意识收回了半步。

老周却不再理他，严肃地问李颖丽在法医中心了解的情况。洪木木知道自己过早断言了那个案子，此时再耗着也毫无意义，只好磨磨蹭蹭地离开了包间。

李颖丽见老周一点儿挽留的意思都没有，只能等洪木木走远了，才说出自己的想法。她的确还没准备好将后边的事情一股脑儿说出来，只好放大洪涛初到北京时的魅力，让洪木木明白——在相同的年纪，洪涛一点儿都不比他差。而且洪涛歌唱得好，洪木木天生一副左嗓子，肯定随他妈。

老周从来都认为女人的想法是最没有理性和方向的，更何况这个任性、随意、简单、直接地生活了半辈子的徒弟。所以，他压根儿没指望李颖丽能化解洪木木对父亲的误解。他只是不知道用什么方式，能让整个过程不那么残酷，最少能让孩子有个接受的过程。从今天的实验看，洪木木并不像他表现得那么成熟。他的老道、圆滑、懂事，多半是天赋和伪装，以他现在的心智和经历，他和同龄人没什么本质的区别，说到底，还是一个"为赋新诗强说愁"的少年。

"洪木木你就别管了，有我呢。你就帮我把和平招待好，没事儿请两天假，带他到处逛逛，也算替我尽尽地主之谊。”

“师父，我没有洪涛聪明，可我也是穿了20年警服的警察啊。您……”

“我怎么了，你以为三陪好当吗？我水平不够，能力不足，才求你的，别挑肥拣瘦的，明天开始，陪吃陪喝陪玩儿。饶志国那儿，我去说。”

“跟您这儿我就没法说理。”

“没法说就别说，赶紧回家睡觉去。对了，法医那个微信推给我，我自己跟，你最好也别沾。”

“好，最好你自己都管着，看累不死你的。”

李颖丽解恨地说了最后一句，笑着走了。

老周一个人坐在瞬间静得瘆人的包间，忽然感到一阵前所未有的疲累。李颖丽给洪木木讲得太详细，他好像在那摊又臭又冷的冰水里重新趟了一遍。几十年了，那滩污水仍会时时出现在他梦里，还有东东红色的小羽绒服，冷不丁就会冒出来，伴着凄楚的叫声，弄他一身冷汗。其实，李颖丽不知道，还有更糗的事，他没跟任何人说过。

东东葬礼那天。当时还不老的老周早早来到和平家。他不记得自己是怎么敲开的街门，也不记得自己是怎么走进院子的，只记得那扑面而来的灵堂，东东在彩色照片里笑着扑向他。他当时双膝一软就跪在了地上。和平走过来，默默扶起了他，还说了一句让他一辈子都忘不了的话。他说，你不能跪，你是警察。

就这么一句话，老周再也没了继续悼念孩子的勇气，在他看来，那是远比一万句责备更令他无地自容的羞辱。他无言以对，只能对着孩子的遗像鞠了三个躬，然后一口气跑到了什刹海，对着冰封的河面，像野狗一样，“嗷嗷”地叫了半晌。直到太阳升起，他重新看到自己的影子，才精疲力竭地赶回单位参加案件总结会。李颖丽有意美化了他的形象。那天，出现在会场的他肯定跟鬼一样吓人。

往事之所以不堪回首，是因为从来都不会忘记。几十年，一晃就过来了。头五年，老周循着各个渠道传来的刘光明的踪迹，随时处于整装待发的状态，稍有风吹草动，他就循迹而去。结果都是无功而返。后来，老周转换了思路，开始从刘光明的角度思考问题。人都是感情动物，跑到天边，也会惦记着自己的家，自己的老娘。于是，他主动要求到刘光明家所在地派出所，也就是案发地派出所当民警，条件只有一个，管片儿，专管刘光明家那一片儿。他就是要守在他家门口，不信他就不想叶落归根。

就这样，老周在这一片扎下了根。一天一趟地往刘光明家跑。一开始，刘光明那位饱受邻居白眼的寡母，毕恭毕敬地款待他，只求一个好态度。时间长了，老太太自己都烦了，更不忍看着他这么做无用功，放出狠话——只要公安局不发现，就是儿子回来也让他赶紧跑，绝对不会将他的行踪告诉政府，让老周死了这条心。对此，老周的态度像情痴对恋爱对象一样超然——你告不告诉我无所谓，重要的是我不会放弃。

老周的坚持不但没等来刘光明，反而给自己添了事由。随着年龄增大，刘光明妈妈的身体越来越不好，老周就从刚开始的买米买面，生炉子换煤气，到后来背进背出，看病住院，直到最后床前尽孝，养老送终。刘光明妈妈临死前，真情呼唤儿子回家，不为自己，只为让老周破案。

就这样，老周成了大家的笑柄——一个抓逃犯抓成孝子贤孙的奇葩。对此，老周不以为然。老太太最后的态度，已经说明一切。人心都是肉长的，刘光明要是知道了，一定不会无动于衷。

他所有的功夫都不会白费，可结果是，刘光明依然杳无踪迹。经过短暂的情绪波动，老周还是没有离开。这时的他已经变得比较佛系，习惯了凡事从自己方面找原因。他觉得自己功利心太强，以致对刘光明妈妈十几年的照顾都烙上了鲜明的目的性，做得越多越难揭掉那层虚伪的外衣。最令人不能容忍的是，为了抓住最后一根稻草，他还把刘光明妈妈的骨灰放在自己宿舍里，搅得活人死人都不得安生。终于，选了一个风和日丽的好天气，老周郑重地将刘光明妈妈入土为安，让老太太放心离去，剩下的事儿就是他跟刘光明的了。

刘光明家的亲戚瓜分了他家的房产，也断了他回来的最后念想和可能。按说，老周该死心了。可他偏不。他的注意力又集中在那所吞噬了东东幼小的生命的荒废多年的小院——影壁胡同三号院。据说历史上那就是个凶宅。东东罹难的地方，就是当年日本间谍研制细菌武器的密室。刘光明勾结专业绑架团伙，却偏偏把孩子放在那个离家不足十米远的地方，其中必有缘由。按照和平的说法，他根本不知道自己家那个堆杂物的小棚子下边还有机关，因为房屋买卖也是刘光明介绍的。一切都指向那个逃得无影无踪的刘光明。于是，老周忽然有了一种顿悟——也许，只有对那个房子念念不忘的人，才能解释这乱七八糟的一切。于是，他守望的对象就变成了那个老宅。

如今，那个人出现了。老周的思维反而更混乱了。

II

洪木木一路反思着自己的毛躁，不得不承认，姜还是老的辣。老周不动声色，三句两句就掀翻他底牌的功夫，他十年也赶不上。自尊心和挫败带来的退缩，一波强似一波地涌了上来。他忽然很迷茫，不知道自己在忙活什么。他对自己的智商、情商都很有信心。他的兴趣在金融、高科技，再不济，随便经个商，他也能养活自己。反正，他心里明明白白的，这种天天陪老太太聊天，在各种“滚刀肉”中间和稀泥，动不动就跟井箅子、下水道较劲的日子，他不喜欢，而且厌烦透顶。他坚持的动力只有一个，就是要跟洪涛比试比试，用事实告诉他，他对他的抛弃是一个多么大的错误。可刚才无论是师父还是师姑的语气里，洪涛就是一个神。人家根本就没把他们两个人放在一个台面上。

洪木木胡思乱想着，已经在医院的广告牌底下停好了共享单车。玻璃在强光下，折射出他模糊的轮廓。他忽然有种陌生的感觉，十年来，第一次想起一个问题——他长得像洪涛吗？穿警服的洪涛真的像李颖丽描述的那样，比张国荣还帅？

对父亲洪涛的记忆，洪木木是模糊的。毕竟他在家的时候，他还小，而他长大了，他已经不在了。母亲绝口不提这个人，家里更是连张他的照片都没有。没有父亲的成长，对男孩来说，少了阳刚、粗犷，多了阴柔、细腻。在妈妈的呵护下，洪涛从小敏感、多疑。十岁那年，他还过着天天等爸爸的日子。可有一天，他等来了陌生的叔叔。看着妈妈满脸娇羞的模样，他愤然离家去找爸爸。哪知警察局的人说，根本没有这个人。他哭着回到家，妈妈才告诉他，爸爸去了北京，去那个有天安门城楼的地方当警察了，还派了另一个叔叔来帮助他们。当时的洪木木完全相信，暗暗下决心，长大了要去天安门找爸爸。后来，妈妈又结婚了。再后来，他知道一切都是谎言。被骗的感觉比没有爸爸更难受。按照家里人的只言片语，结合电视剧里的情节，洪木木给爸爸妈妈的故事编织了一个完整的世俗版——洪涛曾经是个很厉害的警察，后来下海经商，挣了大钱，便抛下他们母子去了北京。他用日记的形式记下自己的猜想，故意放在妈妈能看到的地方。好多年没有哭泣的妈妈哭得死去活来，却终没给他一句解释。被默认的事实深深刻在少年洪木木的心里，梦里高大威猛的爸爸，从此变成了阴险、猥琐的洪涛。高考那年，洪木木为自己的未来犹豫彷徨。母亲和继父为他铺就了便捷的道路，可他不想靠着那个没有血缘关系的男人实现自己的人生价值。正在纠结的当口，一个快递包裹寄到他的手中。那是北京寄来的，写着洪涛名字的笔记本。本子里记的是一个普通警察的工作和生活。琐碎、无聊，一点儿引不起洪木木的兴趣。可它传递的信息却大大勾起了洪木木的好奇。按那上边说的，洪涛工作在天安门脚下的一个派出所，根本没有下海经商挣大钱。难道为了这种无聊的生活，他就能抛妻弃子?再或者，他以此为跳板，一步步升官发财，最终……洪木木张开想象的翅膀，终于为自己想象出一个官居高位的“敌人”。于是，他的人生有了明确的目标——他要成为警察，比洪涛强的警察。

一步步走到现在，洪木木靠的都是自己的努力。虽然，他还没找到某个叫洪涛的大官儿，更不知道他躲在哪个角落里不肯与他对峙，但今天老周和李颖丽的反应和描述说明，他已经抄了洪涛的老巢，自己的方向完全正确。可所里的档案他偷偷翻了好几次，根本没有洪涛的名字，还有他们提到时的样子……洪木木提醒自己一定沉住气，“欲擒故纵”永远是掩饰目的的最好方法。

并不幸福的成长造就了洪木木的城府。他可以热情随和，谦虚勤劳，可关于父亲与家事，关于自己和内心，他从来不会对任何人说起半句。如今，老周轻而易举就掀翻了他的老底，还毫不客气地将洪涛和他比较，他的愤怒与不甘，便只能化作另一种动力——想方设法，掀翻老周的底牌，争取主动。

带着即将迎接大战的冲动和兴奋，洪木木小跑着来到刘萍的病房门口。房间里只亮着一盏床头灯。老太太居然没有睡，坐在那里默默摆弄着那个木箱子。她将箱盖开了关，关了开，脸上露出少女般调皮的微笑。

“玩儿什么呢您？给我玩会儿。”洪木木走过去，尽量保持语气的自然。

“哎哟，是我的大孙子来啦。来，给你玩儿，奶奶陪你玩儿。”刘萍的语气里充满慈爱，洪木木忽然想起小时候。当时还在世的姥姥，也是这样哄着自己。他没再说话，拿过盒子，像刘萍一样，开了关，关了开。

“看看啊，我大孙子多聪明，教一遍就会，比你爸强多了。”

洪木木被刘萍嘴里的“你爸”吸引，忘了手上的动作。箱盖合上，狠狠拍在他的手上。他吃痛一躲。

“看小心夹了手。”刘萍心疼地拉过他的手，小心吹着，抚摸着，“没事，奶奶给吹吹，吹吹就不疼了啊。”

洪木木伸着手，任由刘萍吹着、摸着，有点儿不知所措。他无法判断老太太的意识又到了哪个时空，此时，她眼中的父子，又是哪一对？

“东东，你爸是不是又没回家？你妈又生气了吧！”

“啊？啊！”

“跟你妈说，别跟你爸置气，多理解理解他。这刑警破不了案是人生最大的耻辱。抓不着那个凶手，他一辈子都过不去这个坎儿。”

听到这，洪木木明白刘萍说的你爸是老周，而这个东东，就是老周的儿子。可他儿子，怎么也叫“东东”啊？

“来，吃个苹果。对了，你知道吗？其实你出生那会儿，奶奶给你起了个特好听的名字，就叫‘果果’。可你爸不同意，非得叫你‘东东’，跟中了邪似的。后来，我才听说，那……”刘萍忽然住了口。

“奶奶，您听说什么？”

“没什么，没什么。来，吃苹果。”

“您要是不告诉我，我可走了啊？”

“走？”刘萍忽然想起来什么似的，沉思着抬起头，眼睛里竟然噙着泪花，“走就走吧！跟你妈说，别怪你爸。这些年，他们俩都不容易。分开，对大家都好，都好。就是奶奶，想见我大孙子就难了。”

“没事，我会经常回来看您的。”

“美国那么远，回来一趟哪儿那么容易啊！”

洪木木继续耐心引导着，并从刘萍的只言片语中，做出自己的判断。老周的确有个儿子，也叫东东，不过，已经跟随母亲去了美国。难怪老周见了他就不喜欢，原来是有内伤。只是，按刘萍的说法和之前了解的情况看，老周在这个派出所一待就是这么多年，为的就是那起到现在还没破的案子。现在，案发地挖出了尸骸，又跟间谍案扯上关系，他那颗沉寂多年的心，该发生怎样的悸动啊？尸骸的检验结果关系着两起案件的性质，可老周和李颖丽明显不希望他牵涉其中。为这，还搬出洪涛来搅乱他的阵脚。整件事的逻辑是通了，可是原因呢？这一切又是为什么呢？还有那个突然回国的和平。虽然房主关心发生在自己房屋的案件无可厚非，但他对那具尸骸的兴趣好像有些异于常人，否则也不会大半夜跑到案发现场去“装鬼”。这些，老周看不出来吗？他是真被久别重逢的兄弟情冲昏了头脑，还是有意回避？洪木木暗自一阵狂喜。他觉得自己找到老周的命门了。

III

“活人不能让尿憋死。”

洪木木发现自己说话的口气越来越像老周了。这让他很不爽。老师说要努力提高自身素质，做新时代的世界警察。他也一直按这个标准来要求自己，连穿衣打扮都很讲究。可不到一个月，老周那种俗称“老警怂”才有的词语体系就无孔不入地进入了洪木木的大脑，并时不时跳出来刺激一下他原本高大上的做人标准。他虽本能克制着，但实践中这种粗俗和随意带给他的便利和好处，他又不能不承认。尤其是对小法医那种照本宣科、说话恨不得报本字典的人尤其有效。这不一句话就能把他噎在那里翻白眼，关键还直白、透彻地表达了自己的意思，顺带提出了解决方案。

“你是说，在等待培养结果这段时间，我们可以做点儿别的？”小法医终于开窍了。洪木木连连点头。

“那我们做点儿什么呢？”

“大哥，您是法医，还是我是法医？”

“可你们那领导不是不让我分析推理吗？他不就让我做好自己的检验吗？”

“我也没让你做别的啊。哎呀，反正你比我懂，我意思就是说，你不能在一棵树上吊死，那不那么多骨头、物质、组织什么的吗？你都弄下来点儿，不管用什么方法，正推反推斜着推，总之，先能证明了尸体的大概年代就行。”

“正推反推斜着推……那还是推理啊！”

“我错了，我真错了。我，我，我意思是正向证明，反向证明，或者……”

“哦，这我就懂了。你早说啊，其实我已经被凶手启发了，他用硫酸破坏了尸体的碳含量，我可以用别的物质来进行化学实验，佐证尸体在土壤中的时间……”

洪木木看着完全进入专业领域的同龄人，一脸无奈。他早就是这个意思，让对方理解却废了这么多话。看来真像洪涛笔记里写的，片警的基本功之一就是与人交流沟通的能力。单从这点上看，他跟老周、洪涛还差得挺远。有些事，不是不服气就能解决的，是要看真功夫的。就比如，这个网络大数据运用，他们俩加一块也比不过他洪木木。

想到自己新的侦破思路，洪木木难免有些洋洋自得。网络真是个好东西，他不仅能查到想要的资料，还能通过深入挖掘，大数据比对，得到想不到的结果。昨天晚上，他在刘萍那待到很晚。老太太又进入精神亢奋期，死活不睡觉，拉着他的手，聊个没完。这样，他就对老周的婚恋史有了详细的了解，对老周的脾气秉性知道得更加透彻。在他看来，老周现在的怪，主要是因为孤单。妻子和儿子离开他之后，他就完全生活在那个案子和社区里，单位宿舍代替了曾经的家，连刘萍那里，他都是看一下就走，没有特别的事，绝不长待。逢年过节，他就成了活雷锋，替了这个替那个，曾在某个春节创下连续值班15天的纪录。所领导让他休息，他也没地方去，只能在宿舍里蒙着被子睡大觉。洪木木有点儿可怜老周，难以想象一个人一生只为一件事活着的枯燥和无聊。他想帮他，当然也顺便证明自己的能力。那就得弄清这所宅子的前世今生，弄明白和平忽然回国的原因。

互联网和内部资料能提供的资料不多，可关联的内容不少。百十来条数据和信息让洪木木足足忙活了一夜。在满满一黑板的关系图和时间节点中，他梳理出两个关键人物和一件必须要做的事。

必须要做的事就是依靠现有材料和技术，尽快确定尸体的年代。这一点上，必须跟法医强调，可以先不要那么精确，换个思路，换种方法，只要知道尸骸在土壤中埋藏的年份即可。所以，一大早他就买了麦当劳的专享早餐，点头哈腰地来求那个比自己大不了两岁的小法医。好在伸手不打笑脸人，小法医在他物质和语言的双重激励下，立即萌发了争做科技标兵的豪情壮志，答应按照他的思路尽快整出个结果。

两个关键人物之一就是孟启达。作为影壁胡同三号院的合法继承人，他是除了刘萍，目前还在人世的唯一一个与李鑫喆有过关联的人。可是洪木木进行了常识性验算：孟启达今年79岁，70年前，他们一家离散。母亲带着刚满九岁的他，来到台湾；父亲带着长他五岁的大哥在大陆善后。如此算来，当年他的父亲至少要有30岁才能成为一个14岁少年的父亲。而刘萍口中的李鑫喆，只是二十出头的年纪。这两个人不可能是一个人。而能证明一切的只有孟启达。所以，洪木木给老人家发了邮件，希望能够看到李鑫喆当年的照片。

另一个关键人物叫李碧吉，就是那个之前全权代理和平进行房屋交易的人。和平的忽然归来让大家都忽视了这个第一个出现在影壁胡同三号院的人。而这个名字除了出现在房屋交易的数据中，还多次出现在关注企业家的天星网上。数据显示，现年48

岁的李碧吉，不是普通的家庭妇女，而是一个拥有哥伦比亚法学院、经济学院，法律、金融双学历的注册会计师。十年前，从洛杉矶回国，即待业在家。此后，她每年都要去一次洛杉矶，登记目的是旅游。今年春节过后，李碧吉从洛杉矶回来后就登记注册了自己的会计师工作室，对外承接记账业务。没多久，她就开始帮和平看房、买房，直到和平从洛杉矶回国，她才退出人们的视线。

今天，洪木木就是要好好会会这个超级大海归。

IV

李碧吉不愧是留过洋的，说话做事极为爽快。听说洪木木要找他了解情况，立即告知自己的所在地，还强调不见不散。

洪木木从兴奋中恢复平静，这才发现，李碧吉给他的地址居然离自己管片不远。穿过长安街，又穿过两个小胡同，紧挨着王府井，洪木木终于想起来那个著名的私家菜馆，以每天一桌菜闻名遐迩，提前预约的订单已经排到后年的春节。这李碧吉到底是谁啊？居然请自己在那里见面？

洪木木拿不准主意是不是应该自己去，可他又不想跟老周说。这两天，两人明显在躲避对方。至于原因谁也说不清楚。洪木木只知道，在没有得到进一步情况的现在，他还不想让老周知道自己的举动。

于是，洪木木就有些单刀赴会的悲壮。他特意穿戴了整套警服，还把警法记录仪端端正正地别在肩膀上，端着一副公事公办的姿态走进私家菜馆。穿着高开气儿、滚边儿、软缎旗袍的领班看到来了个威严的警察，以为出了什么事，一边小声用耳麦报告了情况，一边故作镇静地迎上来。

“先生，您有什么事吗？”

“我？”洪木木一时语塞，正不知如何回答，一阵爽朗的笑声就传了过来。

“哎哟，洪警官，您可真逗，吃个饭，穿什么官衣儿啊。”随之，一个妆容精致的中年女人说笑着，穿过垂花门迎了出来。

不知为什么，洪木木想起了《红楼梦》里的王熙凤，嘴里险些露了怯。

“您是凤……”

“我是李碧吉，叫我吉姐。”李碧吉伸出保养得白白嫩嫩的手。

洪涛在网上看过李碧吉的照片，出入之大，令人难以想象。

“怎么？跟照片上不一样？”见他愣怔，李碧吉先发制人，“放心，我理解，我是被警察盯上的人。”

“我，我只是想跟您核实点情况，耽误不了您太多时间。”

“好，我一定尽好公民的义务。走，里边请，咱们边吃边聊。”

说着，李碧吉一个标准的公关手势，洪木木再扭捏就显得不大气了，只得随着她的引领来到后院。

沿途曲径通幽、飞檐流水，洪木木根本无心观赏。他被那个女人身上的气场团团笼罩着，暗自后悔自己没有足够的准备，就莽撞地冲进了人家的地盘，无论她有没有问题，自己都是极为被动的。

“洪警官别拘谨，自己的地方，没那么多规矩。”女人阅人无数的秀眼，对着洪木木俏皮地眨了眨，随手推开旁边的木门。

你就像那一把火

熊熊火焰温暖了我

你就像那一把火

熊熊火光照亮了我……

一个男人声嘶力竭的歌声，在一个女人的叫好声中结束。两人在逐渐变亮的灯光中意犹未尽地走过来。

“客人来了？”男人是永远摇着折扇的和平。洪木木并不惊讶，倒是那个穿着紧身牛仔裤，红色矮领蝙蝠衫，头发也蝙蝠一样炸在脑袋上的女人，扑过来敲了一下他的脑袋着实惊着了他。那玩世不恭的笑容，大大咧咧的笑声，不是李颖丽还能是谁？可她怎么这么一副打扮，又怎么在这里？

“小毛头，不好好上班，跑这儿玩来了，小心我告诉你师父。”

“我是来工作的，再说，您不也……”

“嘿，敢跟我叫板。行，告诉你，我是正常休假。年假，懂不懂？”

“好了，好了，来的都是客。阿吉跟我说，洪警官要找她了解情况，我想正好啊。大家都不是外人，边吃边聊，岂不畅快。洪警官，您没意见吧？”

“我……”洪木木本不好表示异议，却被李颖丽拦了话。

“他是要单独找李碧吉了解情况的，咱们在这儿不方便。走走走，和平哥，咱们接着唱歌去。”说着，不由分说把和平往屋里拽。洪木木立即领会了李颖丽的意思，底气十足地跟李碧吉说：“那不好意思，耽误您几分钟时间？”

李碧吉迟疑的表情只在脸上停留了一秒钟，可洪木木看到了。于是，压迫着他的气场就没那么强大了。之后的事也就顺利了许多。李碧吉收起了那套交际花的做派，没等洪木木发问，先把一张红彤彤的结婚证摆在他的面前。

“我们好了快20年了，可他媳妇在，我不难为他。今年，他媳妇死了。他非要回国结婚，也算给我一个名分。”

洪木木虽然对老人家的婚恋情感疏于了解，但肥皂剧还是看过的。李碧吉这么一说，她的那些出入境记录就有了很好的情感理由，不用提问，他自己都能替其回答。

“所以，我代他看房买房一点儿都不过分吧？”果然，李碧吉上来就堵住了洪木木的嘴。

“我找您不是为这个。我是来了解现场情况的。那天您是第一个进院的，我就想问问您，当时有没有看出什么不对的地方？对了，还有，施工队入驻之前，您带着设计师去过吧？那次有发现什么没有？毕竟您是重要的目击证人，不管那个尸骸是古人还是今人，咱们多留点儿证据，不是心里也踏实吗？”洪木木的特点是找到一个线头，就能倒出一团毛线来。既然对方主动提到看房，那他就从看房开始问起。

“发现？我能发现什么啊。再说了，那宅子多少年没人去了，杂草丛生的，看着就像凶宅。”

“既是凶宅为什么还要买呢？”

“便宜啊，低于市价百分之五十，这个便宜谁不想占？”

“那你们买来打算自己住吗？”

“我们开餐馆，私人会所。”

李碧吉对答如流，根本不需要思考的时间。可她回答得越快，洪木木越放慢发问速度，显出一副木讷的样子，边问边记。

“那院子里挖出死尸，您害怕吗？”

“那是自然，吓得我再没敢去过工地。唉，本来时间就紧，工程又停了。这一院子的破砖烂瓦，看着都让人起急……”

洪木木的慢捻儿，好像引起了李碧吉说话的欲望。她不停地用各种有关无关的信息填充被洪木木有意拉长的，显得越来越漫长的间隙时间。

洪木木强忍着内心的狂喜，尽量让笨拙的笔端写出秀丽的字体。他是故意这样做的。他在实验昨天从洪涛笔记中“囤”来的新方法——

询问的间隙长了，被询问人就会不自觉地顺着刚才的话题生发下去……这是人的普遍心理，也是实验心理学家百余年坚持同一种模式引导被试者倾诉的根本原因。具体到询问上的理论依据，说不好，只能浅显地将其分为两类：有原因的和无原因的。

洪木木本来对洪涛自己研究的那些“野路子”理论一点儿不感兴趣。可关于心理询问的这段表述与他们上学期刚学的心理学有着共通之处。他一下子就被带入了。思维不断生发的结果就是学以致用。所以，一见到明显有备而来的李碧吉，他脑子里马上就跳出了洪涛的这段话，也就在行动中，不自觉地按照洪涛的指引，开始他侦查学上第一次理论与实践相结合。

事实证明，洪木木结合得不错。李碧吉从刚开始的“假熟”式的热情，到后来巧妙掩饰的不安，再到回答问题时，喋喋不休地补充都应验了一件事——她紧张。除此之外，她提供的另一个有价值的信息将第二个关键人物——孟启达也搅了进来。

V

孟启达委托李碧吉帮其寻找父亲李鑫喆的遗骨。

孟启达回复的邮件反证了这个情况。洪木木为自己的发现兴奋的同时，也隐隐觉得哪里不对劲儿。可他追踪了邮件来源，复查了相关情况，一切顺理成章，并无可疑。他心理的不舒服仅来自一切都太顺利了。洪涛说——一定要重视那些来得过于容易的线索，你不是天底下最聪明的那个，别人也不全是傻子。

这明显带着老周印记的语言多次出现在洪涛的笔记里。洪木木禁不住翻出那本笔记，翻开最后的几页。

后边的文字不再是日记体，而是编着阿拉伯数字的所谓“洪涛语录”。好奇心驱使洪木木一口气看完了后边那几篇他一直不舍得看完的篇章。原来，最后几页才是精髓，是秘籍，是洪涛自己总结的“葵花宝典”。洪木木不得不由衷地承认，洪涛比自己聪明。当年的他肯定没有现在的自己接触的东西多，掌握的知识丰富，但他善于思考，勤于总结，留下的这些法则，几十年之后不仅仍然有效，而且能反推出理论依据。这便是学以致用的最高境界吧。

洪木木忽然有种不可抑制的冲动——破了这个案子，不管他在哪儿，他都要去面对那个似乎从未存在又好像未曾离开的人。

这时，微信的提示音响了。小法医发来信息——经试验，骸骨的年龄确定为35至40岁之间，死亡时间已倒推到70年之内。后续实验结果明天即可得出。

洪木木兴奋地回了个“再探”，就冲出了宿舍，猛蹬着自行车，他才顾上琢磨一个相对模糊的情况，自己怎么这么高兴？他第一时间要去通知的人为何不是师父老周？洪涛的声音忽然出现在黑暗里——人都是感情动物，情感支配着你的冲动，理性规范着你的行为。

秋夜的凉风吹到洪木木身上，他打了个寒战，明白了自己兴奋的来源。原来，自从接了这个案子，看了刘萍的“情书”，他在潜意识里早将那具尸骸认定为失联70年的李鑫喆，并开始为刘萍无谓的等待和无形的爱情哀叹。骸骨年龄确定，第一个排除的就是时年25岁的李鑫喆。他是想第一时间告诉刘萍，70年，她没有白等，没准李鑫喆真的活着，真的赶回来赴她的世纪之约。可那又怎样？国安部门的情报早就确定了要与刘萍见面的信息及人员的可疑。几十年沧海沉浮，地球都变暖了，人，难道不会变吗？洪木木不敢想下去，犹豫着要不要跟刘萍说，可脚步已停留在病房的门口。

透过门口的玻璃，洪木木发现老周和李颖丽都在。他们围着仍处于老年性亢奋的刘萍，有说有笑地聊着家常。李颖丽眼尖，一眼看见洪木木，向他招手。洪木木只能硬着头皮走进去。

“脸上泛光，这是捞着真东西啦！”李颖丽仍是那个逗猫的动作，上来就在洪木木头上胡噜了两下。

“哎呀，你这人……”

“呵，会炸毛了？敢跟你师姑瞪眼。”

“行了，大侦探来跟咱们通告情况了，别捣乱。”老周瞥了洪木木一眼，把手里新叠的纸三角递给刘萍。

“你，你们肯定都知道了，我还说什么说啊。”洪木木聪明，立即明白了大晚上二人同时出现在病房的原因。

“行，也算老太太没白信任你一回。”老周说着向李颖丽扬扬头，“你跟他说。”

“我？说就说。”李颖丽笑着把洪木木拉出病房。

老周看着他们离开，无声地笑了。

“你笑什么？”刘萍忽然发问，“这都几点了，你还不回所里？”

“哎哟，我的老太太，您这脑子一段一段的，可真愁死人。我回，这就回，您就别操心了。”

“我不操心行吗？眼看就国庆节了，好多事儿呢！你一人管那么大一片，忙活的过来吗？要不，你也发我一红袖标，我给你巡逻去。”

“哎哟，您老还是省省吧。您听话，今天好好睡觉。我明天带您逛公园去。”

“逛公园，你能有这闲心？我不求你，我自己，自己去。”

“行，行。自己去，现在睡觉吧。”

刘萍顺从地躺下，忽然又问：“那小孩呢？”

“哪个小孩啊？”

“你徒弟啊，刚才不还在这儿呢？他是不是跟李颖丽搞对象呢？嘿嘿，郎才女貌的，般配。”

“般配，般配。”老周知道，刘萍的记忆回到了30年前。不知道为什么，自从那个木箱子被打开，她就是这样，没有恢复正常。她的关注点好像都在他这个徒弟身上，没完没了叨唠着他的生活、工作，甚至是他那两个短暂交集的徒弟。老周真想把老太太从那个时空拽出来，至少别再唠叨那些陈芝麻烂谷子的事。过去的事，他不想听，更不想提。他只想把眼前的事赶紧弄利落了，好好退休，安安生生地结束自己的职业生涯。可离开了从前，现在的事弄得清楚吗？老周摇摇头，为自己的愚蠢自嘲地笑笑，轻轻关上床头灯。

黑暗里，忽然传来刘萍中气十足的声音："生子，有些事躲是躲不掉的，面对现实吧！"

老周何尝不想面对现实，可东东的那张小脸和红色的羽绒服从没在他眼前消失过，他想躲都躲不掉。有时候，他真想听人劝，忘掉这个案子，忘掉这份耻辱，相信那句话，哪个刑警没两起破不了的案子啊！可是，他做不到，每天他都觉得天上有一双无瑕的眼睛在看着自己，让他不能放弃，不能放手，一路追踪，甚至最终执拗地追到这个噩梦开始的地方。他只是没想到，冥冥之中，上天派来帮他的竟是洪涛的儿子，那个继承了父亲全部优良基因，又对父亲充满了误会和恨意的洪木木。缘分啊，真是个说不清道不明的东西，躲是躲不掉的……

第八章　躲不掉的是缘分更是情分

1

望着镜子里彻底变了颜色的自己，周春生十分不习惯。穿了快20年的橄榄绿，就这么一夜之间变成了国际蓝。别说老百姓，警察自己都不能适应。周春生皮肤本来就黑，再套上藏蓝色的外套，配一件灰色衬衫，整个人就成了黑乎乎的一团。他摇摇头，叹口气，算是对新制服表示了自己的态度，就夹着手包下片区去了。十来年的片警生涯早就磨光了他的刑警气焰，他变得随和、低调，轻易不发表自己的观点，尤其是带有个人情绪的观点。他已经渐渐明白了，那些带着个体烙印的词汇是世界上最没用的东西。除了痛快了嘴，别的一点儿用不管，还会被各种有想法的人拿去断章取义，最后就是有理也说不清。所以，他的话越来越少，用居委会王大妈的话说——老周的话，都让他徒弟李颖丽说完了。缘分真是个有意思的东西。上边搞什么公安改革，非要培养女片警。于是，转了一圈，那个他不太喜欢的女娃儿，再次成为他的徒弟。岁月果然眷顾这个女孩，不但没在容颜上留下一点儿痕迹，心智上也没多大长进。几年不见，李颖丽保持着女学生表里如一的稚嫩和单纯。老周经常不自觉想起那个成语——本性难移。

“师父，师父……”老周从镜子里看到换上新制服，显得更加白皙的李颖丽，脸色发青，眼圈发红，一脸不知所措。

“又怎么了？是不是又让那些钉子户修理了？跟你说了，你自己处理不了，不听啊。怎么样，让人骂回来了吧？”

“什么啊，师父，那谁……那谁……哎哟，怎么就这样了，我，我……”李颖丽跺着脚，前言不搭后语地诉说，大概只有老周能听懂。

原来，在对辖区个体旅店进行例行检查的时候，她碰到了一个人，一个他和老周都认识的人——洪涛。可旅客登记簿上，这个人的名字叫沈学军，来京目的是经商。

“你，看清楚了吗？这么多年了……”

“当然，我，化成灰儿我都……”

“怎么说话呢？人家又没得罪你。”

“哎呀，师父，我不是跟你说过吗，那可是我的初恋，初恋啊。”

“千万别跟我说你这马上当新娘子的人，旧情难忘啊！”

“什么啊，听重点，重点。”

“重点就是女片警的初恋情人忽然出现在自己的管片儿，引起该人心跳加速，情绪波动，无心工作，逃离现场……”

“师父，你是我肚里的蛔虫吧？怎么全说对了，您看看，我现在还……”

“行了，行了，别这不知羞耻了。到此为止啊，我可提醒你，这事千万别让你们家小饶知道。”

“啊？什么乱七八糟的，我都让您带沟儿里去了。师父，重点是，他不是洪涛了，也不是警察了，您说，这，这是怎么回事啊？”

“你们，打招呼啦？”

“打啦！”

“你，你没有上去跟人家来一个久别重逢的拥抱吧？”

“师父！我是那种不矜持的人吗？人家猛地看见他，整个人都傻了。”

“说重点。”老周忽然急了，对李颖丽的小女人心态一点儿不感兴趣。

“人家跟不认识我似的，特绅士的跟我点点头，拿回身份证就走了，多一句废话没有。”

“然后你就回来了？”

“嗯，我，我得找个人分享我的失落。您说，他怎么，怎么就成沈学军了？他不当警察了？难道我认错人了？不可能啊……”

李颖丽的唠叨一点儿没影响老周的思维。他预感到自己片区里要出事，而且是大事，立即找了个差事，将李颖丽困在所里，自己却换了便装，故意到那旅店周边转悠起来。

果然，没转两圈，他就看到那个让李颖丽惊慌失措的人——洪涛。只是，那已经不是十年前那个意气风发、浑身透着机灵劲儿的帅小伙，而是带着江湖痞气、满脸油滑的生意人——沈学军。对方显然也看到了他，面不改色地举着最新潮的摩托罗拉手机，满嘴南方味儿地从他身边走过。老周只听到一个清楚的地名——一哥面馆。那是他管片里的饭馆，老板也是他多年的朋友。老周沿着正在拆迁的胡同又转了两圈，才慢悠悠地向一哥面馆走去。

面馆门面不大，老板原来是出租司机，因为热心仗义，被圈里人称为首汽“一哥”。近些年，出租的活儿越来越不好干了，一哥就改造了祖产，开了这家一哥面馆。不知是刚开张还是地理位置偏僻的原因，生意不太好，正经饭点儿都没什么人。老周本想订个包间，却被告知，唯一的包间被一位洪姓先生订了。时间是晚上六点。老周轻轻舒了一口气，向老板要了壶茶，不走了。

II

老周一直等到洪涛进入包间后半个小时，又里外看了好一会儿，才跟老板使了个眼色，推门进了位于面馆最里边的包间。烟雾笼罩中，打扮时髦的洪涛咧嘴笑了，露出他贝壳般的小虎牙。

“师父，不愧是老刑警，办事儿就是稳妥。”

“真是你小子，呵，大了，成熟了，有点儿老爷们儿样了。”

“多少年了，再不长进，没脸见您这个师父了。”

“哎哟，可别这么说，你看看李颖丽……”

“那丫头，八十了也这样，变不了。对了，她没事吧？”

“没事儿？才怪。”

老周添油加醋地讲了李颖丽见着鬼似的样子，难免八卦心突起：“你跟丫头最后怎么没结果啊，我本来还……”

“天南地北的，成不了。我这人现实，长痛不如短痛。”

“也是。没结果的事，最好就别开始。可你这回来，是任务还是，真转行了？”

“您说呢？”

从洪涛意味深长的笑容里，老周似乎明白了一切。叙旧到此为止，二人的主题变成了喝酒、聊天。老周又说起了那个案子，告诉洪涛，自己的追踪还在继续。可刘光明好像人间蒸发了，十年没有音讯。这是他最大的苦恼。借着对刘光明家的描述，老周把这片的地形特点和人员情况都念叨了一遍。洪涛并不多言，只频频举杯，告诉老周，一切都在酒里。席间，老周发现洪涛吃得很少，烟却一根接着一根。好在，男人之间不需要太多的语言，一块喝两杯酒，抽两根烟，什么都明白了。分别的时候，老周好像无意地告诉洪涛，李颖丽刚来，对这片的人来说，还是个“生脸”。洪涛会意地点点头。

没过两天，市局缉毒的领导就专门召见了老周和李颖丽。洪涛的真实身份得以揭晓。原来，北京学习结束后，洪涛被分到省厅缉毒部门。两年前，以毒贩沈学军的身份打入某贩毒团伙内部。该团伙掌握着当地70%的毒品交易，早就被公安部专门立案。可由于其核心成员行踪不定，狡猾多疑，一直没有彻底铲除他们的机会。洪涛打入其内部的任务就是详细掌握其组织内部架构，摸清上下家情况，伺机里应外合，将其一举歼灭。洪涛就这样成了药品商人沈学军，从第一笔交易开始，到逐渐取得信任，并最终进入核心层。如今，他终于详细掌握了大多数团伙成员的情况，唯一没见过面的就是因狡猾和无形闻名境内外的团伙首领——凤姑。一个月前，团伙的一次大型交易被警方一举歼灭。二三号人物分别被抓，团伙遭受重创，只留下一条由二号人物一直跟进的，用合成化学制剂替代原材料，提炼新型毒品的后路。

而负责相关联络的，正是凤姑并未完全信任的沈学军（洪涛）。不知凤姑是怎么想的，最终的结果是，洪涛奉命将卖家约到远离云南本土的北京进行交易。不过，洪涛深谙团伙内部门道，断定元气大伤的凤姑，绝不会在这种情况下贸然接受不熟悉的合作伙伴，定会亲自召见所有相关人员才会确定下一步的行动。洪涛立即将此情况向上级汇报，建议利用此机会，将其彻底歼灭。

洪涛就这样来到北京，对外以联系业务的医药公司老板的身份，悄悄住进了这家胡同里的私人旅店，每天游手好闲地等待着凤姑的进一步指令。

跟李颖丽重逢那天，他刚摸清街面上那家开了好几年的卡拉OK厅，很可能就是凤姑的据点。可此地属于老北京城中心，省厅那些操着南方普通话的同事，不用说话，光看长相就能引起不必要的怀疑。李颖丽的出现，提醒了洪涛——全国公安是一家，到了大家联手的时候了。于是，老周和李颖丽成了特别行动组的一员。市局缉毒部门还利用线人，将改头换面的李颖丽安排进卡拉OK厅，专门负责协助洪涛传递情报。

三人再次见面的时间定在行动部署会后的晚上，仍是一哥面馆。这回洪涛迟迟没有露面，老周和李颖丽默默等了一个晚上。

“师父，我这发型是不是太前卫了，还有这衣服，太，太暴露了吧？”李颖丽一时不能接受自己的新造型，对着屋里的铜镜，照个没完。

老周一支接一支地抽着烟。他在分析洪涛的处境，考虑李颖丽能否成为他合格的搭档。平心而论，老周觉得李颖丽不太合适做卧底。可洪涛指名道姓的建议，上边采纳了，他也没有办法，只能后悔自己多嘴。

“师父，您倒是瞜瞜啊，别让洪涛看见我以为我怎么着似的。”

“哎哟，你能怎么着啊！”老周终于被李颖丽问烦了，“明面上，您是卡拉OK的陪唱小姐，私底下您是即将步入婚姻殿堂的优秀侦查员。怎么着都怎么着不了。”

“臭老头，什么都不懂，真是对牛弹琴，白瞎了我那么多吐沫。可怜我忧伤的青春故事……”李颖丽得不到应有的回应，下意识唱起了一首新歌。

你还记得吗
窗外那被月光染亮的海洋
你还记得吗
是爱让彼此把夜点亮
……

门在这时候开了，洪涛脸色绯红，跌跌撞撞地走进来，随着李颖丽的旋律，接着唱道：

为何后来我们用沉默取代依赖
曾经朗朗星空渐渐阴霾
心碎离开
转身回到最初荒凉里等待
……

李颖丽愣了一会儿，便跟着那深情的男中音又唱起来：

为了寂寞是否找个人填心中空白
我们变成了世上最熟悉的陌生人
……

合唱完毕，两人鼓掌拥抱，和谐默契如昨日才见。至此，老周明白洪涛要李颖丽做搭档的理由——李颖丽爱唱歌、会唱歌，还有这份难得的默契。

洪涛明显处于醉酒状态，亢奋地与李颖丽诉说着离愁别绪。弄得本来就有些旧情难忘的李颖丽，一次次红了眼圈。老周看着与那天判若两人的洪涛，心里充满担心，趁着李颖丽上厕所的工夫，问洪涛是不是出了什么变故。

洪涛抓起桌上的冰水，一口气喝了半瓶，又把剩下的从头顶淋到身上，才抹着脸上的水珠，不好意思地说："师父，六年多了，好容易见到亲人，您就让我放纵一把吧！"

原来，这天晚上，凤姑终于现身，在卡拉OK召见了洪涛。一顿酒拼下来，凤姑认可了洪涛的计划，答应在卡拉OK厅与化学制剂的供应方见面交易。胜利的曙光已隐隐可见，加上酒精的刺激，重遇故人的洪涛难免失态。

老周理解他的心情，不再说什么，只强调了自己最担心的地方："颖丽这些年一直做内勤，行动上毫无经验，你……"

"师父，你放心，我会像保护媳妇儿一样保护她的。"

"臭小子，几年不见，学得油腔滑调。"老周笑骂着，心里却多了几份踏实。洪涛毕竟是他带出来的，老刑警吐出吐沫化成钉的规矩忘不了。

那晚过后，洪涛就搬离了小旅店，被安排在卡拉OK厅吃住。表面看，凤姑的照顾无微不至，实际上，是将洪涛软禁了起来，只等对方来交易，才做最后处置。幸好洪涛提前预测到这些，安排了李颖丽作为自己的特别通讯员。老周能做的只是密切关注卡拉OK厅的一切，随时准备，按照上级命令配合洪涛行动。

III

李颖丽已经在卡拉OK厅当了三天服务员了。白天，她与其他几个年龄20至30岁之间的女人一起，挤在离歌厅不远的集体宿舍里睡大觉，快傍晚的时候，她们才彻底清醒，开始化妆，准备出工。李颖丽刚来，被大姐大排挤，几乎没有到包间里陪唱的资格，只能负责端盘子、开门等最外围的工作。三天来，她每天晚上都能看到洪涛跟各种一看就是道上混的人在最里边的大包间里，除了喝酒唱歌，几乎没别的事。一次，他们在洗手间的过道里偶遇，洪涛满嘴酒气的，几乎吐了她一身。她以为终于有什么消息，紧张得浑身僵直。哪知，洪涛耍流氓一样看着她，还故意扯掉她领口的纽扣。她又羞又恼，捂着胸口，刚要发作，领班扭着腰肢及时赶来，劝走骂骂咧咧的洪涛。李颖丽忍了半天，委屈的泪水还是夺眶而出。她不相信洪涛会这样对她，更难以接受心中的男神变成这副模样。可她不知道，这一切只是开始，真正的考验还在后边。

第二天一上工，领班就安排李颖丽和其他几个姑娘到大包房去服侍酒水。那几个姑娘轻车熟路，一进门就哥哥弟弟地叫着，坐到客人的身边。只有李颖丽初来乍到，站在原地，不知所措。正中间的老板模样的老头发现新大陆一样，眼前一亮，跟身边的领班耳语了两句。领班就笑逐颜开地过来拉李颖丽过去坐。老头并不造次，绅士地问她想喝什么饮品，会唱什么歌。李颖丽故作镇定地一一作答。老头笑着，点点头，吩咐人点歌，开饮料，眼睛里满是怜惜。不一会儿，屏幕上就出现《在雨中》的MV。老头手一伸，请李颖丽同台对唱。

在一片叫好声中，李颖丽被老头簇拥着，来到屏幕前，接过老头递过的麦克风，尽量保持羞涩和微笑。老头很满意地看着她，眼睛里冒出猥琐。序曲没过，他就急不可耐地唱了起来：

在雨中我送过你

在夜里我吻过你

在春天我拥有你

在冬季我离开你

音乐让李颖丽找到自信，终于想起来自己的身份和任务。听到音乐轮到自己，她莞尔一笑，放开歌喉：

有相聚也有分离

人生本是一段戏

有欢笑也有哭泣

不知谁能　谁能躲得过去

……

不知是不是李颖丽唱得太好了，老头接连跟她对唱了好几首，才意犹未尽地拥着她的腰，回到座位上，重新端起酒杯。李颖丽的手里被塞上一杯红色的液体。老头的笑容明显变了模样，大口大口喘着粗气，好像要将李颖丽吞没。李颖丽吓坏了，哆嗦着躲在沙发角落，这才发现，同来的几个女孩都不见了踪影。她立即明白了自己的处境，不禁握紧酒杯，手腕发力，准备将液体泼向那个老流氓。忽然，一个黑影扑在她身上，二话不说，又亲又啃。李颖丽本能地又踢又踹，好不容易挣脱对方的搂抱，躲在角落控制不住地哭出了声。回答他的是一阵哄笑和洪涛赖声赖气地求饶。

“大哥，对不住，兄弟实在被这妹子撩得把持不住，扫了大哥的兴，您说，怎么罚？”

“罚？干吗罚啊，你给咱整成了这么大一笔生意，赏你还来不及呢？不就是个女人嘛，拿去，哥哥我成人之美。”老头竟然就是传说中的凤姑。他看了看已经完全吓傻的李颖丽，指指桌上还剩下半瓶的红色液体，接着说：“不过，这丫头一看就是个雏儿，哥哥我得助小弟一臂之力啊。”凤姑的话引来一阵坏笑。洪涛也跟着坏笑着，一把举起那个酒瓶，不管不顾地倒进了肚子，边喝边含混不清地喊着：“谢大哥成全，谢大哥成全。”

众人明显愣了一下，不知谁说了一句：“这老沈，真是喝多了。”大家才哄堂大笑起来。洪涛借酒撒疯，“呵呵”憨笑着，搂了李颖丽就往外走，留下一片起哄声。

李颖丽恢复意识的时候，发现自己仍在洪涛的怀里。两人都躺在地上。洪涛搂着她剧烈地颤抖着，呼吸急促，浑身滚烫，样子极为痛苦。

“天啊，你，你怎么了？”

“水，冰水。”洪涛已经抖得上下牙打架，却仍拼尽全力，要求着李颖丽。

李颖丽赶紧从冰箱里找到冰水。洪涛一口喝下去，症状丝毫没有减轻。他索性挣扎着，爬到冰箱旁边，把头扎进冰箱里。

“你怎么了？你，你疯了！”

“别碰我，千万别碰我！离我远点儿，越远越好！”

看着洪涛痛苦的样子，李颖丽终于明白洪涛替自己喝下了什么。她立即拿开自己放在洪涛身上的双手，屏住呼吸，恨不得自己立即消失在空气里。半个身子扎在冰箱里的洪涛仍在痛苦地呻吟，身体痛苦地扭曲着，几乎将冰箱顶到墙里去。李颖丽吓哭了，可她不敢出声，双手使劲捂着嘴，无声抽泣着。

不知过了多久，洪涛像牛一样的呻吟声终于被均匀的鼾声取代，整个人也软了下来，趴在冰箱里一动不动。李颖丽犹豫着，终是没敢触碰他的身体，只爬到墙边，拔了冰箱的电源，重新坐回原来的位置。她发现洪涛的衬衫被汗水浸得透湿，软塌塌糊在身上，看着甚是难受，便赶紧拿来棉被，轻轻盖在他身上。见他仍无反应，李颖丽的胆子大起来，她先把手放在洪涛后背的位置，确认他仍一动不动之后，才双手用力使劲按压棉被，想用这个方法吸干衬衫上的水分。如此反复按了多次之后，她才将被子翻过来，重新盖在洪涛身上。此时的李颖丽稍微心安了一些，她重新坐好，期待又有些害怕地等待着洪涛醒来。

等着等着，李颖丽就睡着了。梦里，她穿着未婚夫饶志国给她选的婚纱，站在卡拉OK的舞台上，扯着嗓子唱着《迟来的爱》：

你应该会明白我的爱
虽然我从未向你坦白
多年以来默默对你深切的关怀
为什么你还不能明白
……

然后一个人从黑暗里走出来，不是饶志国，也不是洪涛，而是昨天那个可怕的老头——凤姑。

李颖丽尖叫一声，从梦中醒来，发现自己盖着被子躺在地上。洪涛裹着毯子靠在已经关上的冰箱门上，正看着自己。

“你，你怎么让我睡在地上。”

“彼此，彼此，你还任我睡在冰箱里呢？”

想起不久前的狼狈，李颖丽忍不住笑了，忽又想起什么，红着脸问：“你干吗抢着把那酒都喝了？”

“不然呢？给你留点儿？”

“你混蛋你。”

“我要不混蛋，就更对不住你了。”

二人忽然都不知道该说什么，经过短暂的沉默，李颖丽忽然没头没尾地说：“我要结婚了。”

“听说了，恭喜你。”

“你呢？一直没顾上问。”

“转过年，我儿子就一岁了。”

“真好！”

“好什么啊，早知道干这个，就不应该结婚，更不应该有孩子。”

洪涛显然不愿意再继续这个话题，转而询问起李颖丽的工作，还顺手支了两招。李颖丽奇怪他对社区管理怎么这么有研究。洪涛说，他现在最羡慕的就是社区民警，可以天天穿着警服，大大方方地告诉所有人——我是警察。李颖丽忽然想起，那个久别重逢的拥抱。从某种意义上说，洪涛那天激情拥抱的其实不是她，而是她身上那身他可能还没穿过的九九式新制服。

IV

有惊无险的一幕之后，李颖丽表面看仍是歌厅服务员，可再没人骚扰她，领班也不会强迫她做不堪的事情。最重要的是，她可以随时接受洪涛的召唤，甚至住在他的房间里。这是洪涛要求的，既能掩人耳目，又方便交流信息。每每这样的夜晚，他们都会通宵达旦的聊天。工作很快就能说完，他们就开始聊生活，聊各自的感情。聊着聊着，李颖丽就有了种小冲动，特想问洪涛，知不知道自己曾经特别喜欢他。可每回话都嘴边，女人的矜持就会战胜一切。洪涛呢，就跟成心似的，三句话不离他们在一起的那些日子。当然，只有叙旧，不说感情。两人绕来绕去的，谁也不想结束这个话题，又实在没什么新鲜可聊的。这天，他们发现师父老周是一个可以继续的谈资。于是，老周十年来对逃犯刘光明的追踪又被李颖丽仔仔细细讲了一遍。

“真为他老人家不值。好好一刑警，毁了。”末了，李颖丽做出自己的评判。

“男人的情感你不懂。这个结儿解不开，他一辈子过不去，死都闭不上眼。”洪涛忽然想起了什么，拿起纸笔，唰唰写下一个地址和姓名，递给李颖丽：“这个，你收好了。没准将来抓住刘光明，能用得上。”

“这谁啊？”

“你就留着吧。等抓到刘光明，我再告诉你。”

“笑话，那时候您老人家在哪儿都不知呢，我怎么找你？”

“我找你，行了吧？反正你跑不出这四九城。”

“那可说不好。”

李颖丽的语气里透出无奈。她知道自己不适合当警察，也明白师父老周对她有点儿恨铁不成钢。只有她已经退休的老爸说得实在，当初让她女承父业根本不指望她能干成什么样，只想让她有个风吹不着、雨淋不着的安安稳稳的工作。工作是安稳了，可她的心从来没有安稳过。她一直努力着，只想在这个男人的世界证明自己的价值。洪涛了解她的心结，自知讲不通男女有别的道理，更改变不了警察这个职业先天具有的男强女弱的特性，思来想去，只能就事论事地帮她解决一些实际问题。比如，对辖区的基本情况怎么登记？入户采访怎么进行？如何询问和拉近彼此的距离……洪涛说得起劲儿，李颖丽记得专心，不知不觉天又蒙蒙亮了。

“这日子过的，我怎么跟穿越了似的。”李颖丽想起十年前，与洪涛在观察点儿的早晨。也是这样，日夜毫无界限地来，又不见踪迹地去，世界狭小得只剩一个房间，两个人类。

“你可别犯糊涂啊！眼看着明天就要交易了，别最后一下掉链子。”洪涛知道李颖丽想起了从前，他自己何尝不是呢？只是，大战将至，他可没有闲情逸致去回忆那些青春年少。无论如何，他只想尽快结束任务，将李颖丽全须全尾儿地还给师父。恭祝她能当个成功的女片警，而他自己竟没了过多期盼，只希望能脱去这一身的虚假，重新回到真实的生活里，仅此而已。

“那以后，你……”按照计划，明天交易时，老周将带人来进行日常检查，先按治安管理将现场所有人收监再说。所以，洪涛也将被同时抓走。

“我哪儿知道。那么多不确定因素，我真的不知道。”洪涛忽然看着李颖丽，说得郑重其事，“要是我OVER了，你负责一件事啊，告诉我儿子，他爸爸是个好警察。”

“呸呸呸，你胡说什么呢？要说，自个儿说去。我不管！”

“不管也得管，你别跟他说我这些糗事儿，你就说我是个片警，怎么管片，怎么威风地穿着制服招摇过市……”洪涛走到窗前，拉开窗帘，朝着清晨第一缕阳光，小声叨念着。

李颖丽离开洪涛房间的时候，十分不舍。她承认，对这个沈学军“马子”的角色，她入戏太深了。跟专案组领导汇报完工作，她本可以不再回卡拉OK厅。可她以不引起一点儿怀疑为由，执意要求最后一次回去工作。得到允许后，她直接去了发廊。一方面，她要给自己消失半天找一个合适的理由，另一方面，她想起洪涛曾经说过，她长得很像那年特流行的新加坡电视剧《人在旅途》里的女主角，她要弄那么个发型，让他永远记住自己的模样。毕竟，再见不知是何年何月了。

做完头发，又精心化了妆，李颖丽便早早上工了。一进门，就有好心姐妹提醒——洪涛搂着领班出门了。领班相当于“驻京办主任”，看来那个卖家来了，一切正按计划顺利进行。李颖丽按捺着内心的激动和紧张，默默做着分内的事。四个小时过去了，眼看原定行动的时间就要到了，却仍不见洪涛和领班的踪影。李颖丽有些慌神，不知所措间，想到洪涛叮嘱她的话——“你现在是沈学军的马子，多听多问没毛病。”她装作吃醋、嫉妒，恨不得逢人就问沈学军的去向。回答她的除了意味深长地摇头，就是幸灾乐祸地微笑。这时，领班扶着醉得站不起来的洪涛回来了。两人径直进了一个包间，随手将门关得紧紧的。

说好的接头人没有出现，凤姑也不见了，只有洪涛身不由己地被关进包间。李颖丽断定出事了，否则洪涛不会连看都不看自己一眼。她完全没有主意，只强烈地直觉原定的治安检查不能进行，否则洪涛会有暴露的危险。此时，距原定的行动时间不足20分钟。李颖丽不知道哪里来的勇气，抄起一瓶洋酒，咚咚灌了几口，又把剩下的倒得自己满身都是，才装作酒醉，闯进那个包间。包间里黑黢黢的，只有屏幕上影像变化带来的灯影闪烁。领班径直冲过来，质问李颖丽进来做什么？李颖丽故意大声嚷起来：“我，我找我老公。老公，你跑哪儿去了，让我好找。”说着，她装作脚步不稳，扑倒在半卧在沙发里的洪涛身上。奇怪的是，洪涛身上没有一点儿酒味，人却迷离地看着她，傻笑。

“老公，你起来啊，起来，咱们喝酒、唱歌。”李颖丽暗中使劲儿，想把洪涛拽起来。洪涛却一点不配合，一只手无力地从她手上划过，嘴里发出含混不清的声音。

“唱歌，唱歌……”

领班一把将李颖丽拽开，大声吩咐着门口看热闹的男服务员将其架走。李颖丽挣扎着，嘴里不停骂着狗男女之类的字眼儿。洪涛并未起来阻拦，而是真的唱起了歌——

冷暖哪可休
回头多少个秋
寻遍了却偏失去
未盼却在手
我得到没有
没法解释得失错漏
刚刚听到望到便更改
不知好里追究
一生何求
……

洪涛的口齿不清，唱不清歌词，可那忧伤的曲调，李颖丽再熟悉不过了。此时，墙上的钟已走向12点的位置。李颖丽拼命挣脱驾着她双臂的人，哭喊着，穿过楼道、大厅，不顾一切地冲出大门，跪在寒冷的冬夜里，疯了一样也唱起洪涛刚才唱的歌。

常判决放弃与拥有
耗尽我这一生
触不到已跑开
一生何求
迷惘里永远看不透
没料到我所失的

竞已是我的所有

……

《一生何求》——早上分开时洪涛说，用这首歌作为情况有变停止行动的暗语。

李颖丽声嘶力竭、没完没了地唱着、唱着……周围人看了会儿热闹，渐渐散去。一切又恢复了平静，李颖丽也唱不出声了。她跌跌撞撞站起身，回头看了看那个霓虹灯下的建筑，又哭又笑了一阵，才哼着已经不成调的歌，走进黑暗里。为了洪涛的安全，她不能立即与不远处的同志们会合，更不能再回到歌厅，给洪涛增添负担。她只能衣衫不整地在暗夜里游荡。寒风侵袭着她单薄的身躯，可她已经不觉得冷，一股无以名状的悲凉和无法言说的痛苦和着委屈、不平、愤懑、无奈，化作一阵无形的热量对抗着呼啸的北风，凄楚的冬夜……

第九章　真相大白时无须注解

I

洪木木穿着立领学生装，像模像样地坐在公园长椅上，心里极度不爽。他不明白老周为什么会同意李颖丽这么不靠谱的建议。要说用这种Cosplay的把戏，对付十几岁的小女生，他还能理解，可他们居然要用这来唤起一位90岁老人的记忆，简直就是天方夜谭。洪木木本来坚决反对，拒不接受，怎奈李颖丽威胁他的方法也是像对付小孩一般——只要顺利完成任务，她就给他讲洪涛的事。在好奇心的驱动下，二人成交。洪木木任由李颖丽摆弄了一晚上，终于以电影里地下党的形象，亮相在这秋天的早上。

天气也跟着凑热闹，难得的晴朗代替了连日的雾霾。洪木木妄图以空气质量不好，戴口罩出场的邪恶企图被彻底粉碎。好在早上公园里人不多，年轻人更少，不用担心有人把他的傻样偷拍下来，传上热搜。可即便如此，仍有几个大妈，围着他指指点点，不忍离去。洪木木不禁感叹，自己的气质得有多怀旧啊！不过，想到李颖丽为了完成任务，能装扮成陪酒女郎，而洪涛竟然是……想到这些，洪木木立即决定今天的任务，非自己莫属。

李颖丽推着轮椅上的刘萍走进公园，完美出现在洪木木自信心重新爆棚的一刻。

“刘萍，你看那边儿是谁啊？”

老太太的精神亢奋期好像过了，一大早被李颖丽拽出医院，她就哈欠连天，萎靡不振。这会儿更是困得眼睛都快闭上了。不过，听到有人叫她，她还是下意识地循声望去……不远处的长椅上，侧身坐着一个小伙子。

“谁啊？是东东回来啦？”

“不是，您再看看，这身衣服、打扮。”

李颖丽启发着，把轮椅推到洪木木跟前。洪木木忍着笑，故作镇静地接受刘萍的“检阅”。

“这孩子是刚拍完抗战神剧，没卸妆就来了吧？”老太太说相声似的答话，逗得洪木木瞬间跳戏，笑得从凳子上滑下来。

“看把我们东东乐的，快，到奶奶这来。”

“什么东东啊，我那大孙子和他妈早就去美国了，甭惦记着了。你们这儿干吗呢？弄一个小屁孩，试试我老太太傻没傻是吗？”

刘萍无比清醒的质问，惊得二人目瞪口呆。洪木木不知哪儿来的灵感，没等李颖丽反应过来，心里一横，索性三言两语说明了原因。不远处，准备随机应变的老周，发现不对，急忙跑过来，一切已经来不及了。

“这么说，我那箱子里的东西，你们都看了？”刘萍的语气里透着威严。

“我，我先看的。”洪木木敢作敢当的样子。

“看就看吧。那东西本来就是留给你们年轻人的。”刘萍难得的平静。

“啊？那不是您写给李鑫喆的吗？”

“李鑫喆？他早就死了。”老太太的话又是一个大霹雳，难道她早就知道，李鑫喆不在人世了？

“回去，困死了，回去睡觉。”听到刘萍的要求，老周赶紧应着，推走了轮椅，剩下恶作剧的主角，李颖丽和洪木木大眼瞪小眼地站在原地。二人梳理了刘萍几天来的情况和反应，终不得要领，只能回医院找医生问个明白。医生明确表示，老人的脑病十分严重，已经出现记忆和认知混乱，不能再受刺激。建议他们顺其自然，切勿硬性干预。

刘萍重新陷入昏睡。老周明确告诉洪木木和李颖丽，禁止他们以及任何人，再以任何事打扰老太太，后果自负。

李颖丽还想解释什么，被洪木木强行拉走。

路上，洪木木让李颖丽兑现承诺。李颖丽以未达到预期效果抵赖。洪木木无奈，掏出手机，答应再让一步，用自己新得到的案件线索，换取洪涛的相关信息。李颖丽承认被对方抓到软肋，答应告诉洪木木洪涛笔记本的来源。

洪木木的新线索来自孟启达。原来，孟启达不放心查找遗骨的事，听说洪木木是警方的人，特意又通过邮件发来一张扫描的老照片，并告知，自己曾向李碧吉提供了一份生物样本，以备必要时的科学比对。李碧吉以没有法律依据为由回绝了他的要求。现在，既然警方介入，就希望在警方佐证下，对遗骸进行鉴定后再做定夺。而今天早上，清醒状态下的刘萍，说李鑫喆有可能就是孟启达的生父。

“现在，小法医给我发来信息，遗骸的DNA提取成功，只要用相关样本进行比对，就能用排除法确定遗骸身份。”

洪木木打开话匣子就没打算收住，随即将自己的调查比对结果，悉数告诉了李颖丽。分析推理虽不是李颖丽的强项，但毕竟干了几十年警察，她立即明白洪木木的意思——如果，孟启达的生物样本与遗骸的DNA相符，即可确定遗骸身份。可刘萍之前说的李鑫喆与孟启达的生父李鑫喆，显然不是一个人。案件的关键问题还是没有解决。化名李鑫喆的刘萍的启蒙老师——高老师，是生是死？是坚持革命工作，还是沦为叛徒间谍？几十年岁月太过长久，知晓事件来龙去脉的又仅剩下刘萍一位。要是抓不到那个诱骗刘萍接头的海外间谍，一切都将成为永久的谜团，无法解密。更何况，洪木木被孟启达提供的新线索冲昏了头脑，先入为主地相信，那具遗骸就是其父李鑫喆。

“要是，DNA比对结果不相符呢？”李颖丽本想一语惊醒梦中人，才突然提问。哪知洪木木早有准备，不慌不忙地答道：“如果不是，那就极有可能是烈士李鑫喆了。我在局档案馆查到相关情况，一位当年负责日伪房产接收的专员是北平地下党，所幸这位老人还健在，今年94岁，耳聪目明不说，而且头脑清晰，思维敏捷。我跟他们家人约好了，明天去专门拜访。”

“你怎么那么确定，那尸骨就是过去的人？”

“这也是我特想问您和师父的。从一开始，我就觉得你们好像对这个人的身份有心里目标。而且，绝对不是半个世纪以前的人。”

“你们俩啊，真是父子，敏感还穷嘚瑟。”李颖丽没头没脑地评价着，脸上终于露出与年龄相符的成熟的笑容。

II

李颖丽没有食言。

坐在洪木木宿舍的桌前，捧着那个老旧的本子，李颖丽告诉洪木木，这个笔记本是洪涛的，但是她写的。

那些在卡拉OK卧底时的不眠夜，李颖丽久久不能忘怀。于是，带着帮洪涛圆梦的想法，也是想让自己在工作上能有长进，她以洪涛的口吻，开始记工作日记。期间，洪涛教她的许多方法得到活学活用。半年后，她结束片警生涯，又对所有工作进行了总结，写在本子的最后边。

"这个本子，我一直留着，可前面姓名始终空着。我想不好，该不该写上我俩的名字。"李颖丽真情难抑。

"后来，决定寄给我，你才只写上了他的名字？只为避嫌？"洪木木继续问着，语气里莫名多了些火药味。

李颖丽这才恍然大悟："你，你不会是误会，我跟你爸……"

"那不好说。反正，我们那儿的人都说，洪涛是被北京的狐，狐狸精勾走了，才家都不要了，抛弃妻子，当了'大猪蹄子'。"

"大猪蹄子？你宫廷戏看多了吧？小兔崽子，我告诉你，你爸跟我什么都没有。你爸对你妈更是，更是至死不渝。"李颖丽的眼睛里忽然冒出潮水，声音也颤抖起来。

尽管洪木木早就猜到自己找不到洪涛是因为他早就死了，但第一次听到这个跟死亡沾边的词，他还是心里一颤，沉默了好一会儿，才接着问："这么说，他死了，真的死在北京了？"

"木木，不管别人怎么说你爸，也不管你妈怎么误会你爸，我都想你答应师姑一件事。"李颖丽没有回答洪木木的问题，顺着自己的思路，兀自说着，“将来，在合适的时机，你一定要告诉你妈妈——这辈子，洪涛对得起她！”

李颖丽一字一顿地说出这几个字，两行热泪夺眶而出。她倔强地抹了抹，走到窗前，对着漆黑的夜空，轻声说：“洪涛，对不起，我必须食言了。孩子有权知道一切。”说完，她回到椅子上，对着洪木木正色道：“洪木木，我现在就把一切都告诉你。”

当年毒品交易案的最后情况，李颖丽是通过案情通报知道的。那个团伙一号人物凤姑果然狡猾多疑，行动当天临时宣布变换交易地点。为了表达自己的诚意，同时再次考察洪涛的可靠性，他才使出那个一箭双雕的计策。他先命人将洪涛和卖家约到临时通知的地点，然后用药物控制住洪涛，送回卡拉OK厅，摆出一副继续交易的阵势，确定一切稳妥后，才带着全体人员南下，到自己能够真正掌控的地方，进行最后的交易。那天晚上，李颖丽及时阻止了警方的行动，保全了洪涛的卧底身份，才确保云南警方将该团伙一网打尽。可是，案子并没有结束。抓捕中，一名团伙成员逃脱到金三角一带，继续制毒贩毒，无恶不作。唯一能与其发生联系的洪涛成了继续卧底的不二人选……面对遥遥无期的归途，洪涛索性让人散出消息——他辞职下海，到北京发展。为了不连累妻儿，除了按月打到银行卡上的工资，他从不主动联系他们。只在偶尔回云南的时候，偷偷看两眼老婆孩子。洪涛的妻子是个倔强的人，一直咬牙坚持着，从不向外人诉苦，更没到单位找过闹过。后来，大家传得多了，她才为了孩子，到单位要求离婚。单位领导按照洪涛的意见，搪塞了她。此后不久，一个善良的男人出现在她身边，再坚强的女人，也受不了这种情况下的关爱和友善……只是，她不知道，此时的洪涛已在北京的公安医院，进入弥留之际。

“木木，你知道爸爸为什么坚持不跟妈妈离婚吗？”李颖丽暂停回忆，轻声问。

“为什么？他这样做，再伟大也是对一个女人的不负责任。”洪木木能够理解父亲基于职业使命的身不由己，却不能理解他对母亲的无情无义。

“你啊，你们啊，都误会他了。洪涛原来一直坚信，用不了多久他就能回到正常的生活，回到你们身边去弥补自己对你们母子的亏欠。哪知道，时间过了一年又一年。你都长大了，案子还是没完没了。他也不是没想过离婚，可他觉得就这么分开，太对不起你们。他想给你们留下维持生计的资本，而能换取钱财和你们未来保障的只有他自己。”

“他真是太自负了。”洪木木显然没有理解李颖丽这句别扭无比的话。

“你知道他是怎么说的吗？”李颖丽知道一般人听不懂，控制着自己的情绪，平静地说，“当时，他已经起不来床了。他就是这么拉着我的手，告诉我的。他说，这是他的小诡计，拿不上台面，但绝对实在。因为像他这种天天跟毒品打交道的人，不会有善终。所以，他拖着不跟你妈离婚，只为了哪天他死了，能给你们娘俩换一笔可观的抚恤金和烈士家属的待遇。”

“简直，简直是混蛋逻辑。我不要，我们不要他的什么待遇……”洪木木倔强地嘴硬着，可泪水早封住了他的双眼。

“你不要……呵，有志气。可没有你爸用命换来的那30分加分，你上得了警官大学？没有你爸用命换来的那一百多万抚恤金，你们家能住那么大房子？”李颖丽的声音越来越大，大概是等这一天等得太久了，她歇斯底里地几乎把洪木木当成了那个占据了洪涛所有感情却不自知的女人，“洪涛从来都没说过她半句不好，到死都念叨着对不起她。临死还嘱咐我，不能把这一切告诉你们。他宁愿让你们恨他、怨他，也不想你们知道他死得多不甘，多委屈。洪涛啊，你是为什么啊，为什么啊！”李颖丽终于累了，抽泣着，放低了嗓门。

“那洪、我爸他是怎么……”洪木木忽然觉得心里又空又疼，默默拿来纸巾，递到李颖丽手里。

“常在河边走，哪有不湿鞋。他早就知道自己中毒很深。所以，枪林弹雨的从来不躲。命运大概就爱跟他开玩笑吧。一次到北京见下家，他毒性发作被抓。在公安医院里，他知道自己时日无多，才表明了身份。我们是在铁窗下见的最后一面，讽刺吧！”

“那他那个案子呢，那些毒贩都抓到了吗？”

“孩子，你问多了。洪涛到现在都是以代号的形式存在的，作为未来的警察，你应该学会该问的问，不该问的别打听。”

“我只是想知道，他这么做，他付出这么多，值不值得。”

“这个问题也是我以前老问自己的。现在，岁数大了，反倒不想问了。也许，穿上这身衣服，你就失去了问这个问题的权利。”

李颖丽说着，从贴身口袋里掏出一张照片，犹豫着递给洪木木。

“这是他留给我的唯一的纪念，真舍不得给你。算了，看在你是他儿子的份上，给你吧。”

“这，这是……”洪木木不敢靠近似的，下意识地躲开了。

“躲什么啊，这是你爹啊！你不会……”李颖丽的眼泪又涌了出来，“木木，你知道你爸他有多爱你吗？他怕人报复，不敢带着你的照片。可他想你呀，怎么办？他就在身上带个小木人，没事儿就拿出来看看。他跟我说，那就是你。最后，他人都迷糊了，还念叨着要带你去天安门看升旗。木木，谁都可以怪他，只有你，你不能。你怪他，他在天上也会流泪的。”

洪木木终于接过照片，看到年轻帅气的洪涛，穿着橄榄绿的制服，灿烂地笑着。悲伤瞬间消减了威力。那个看笔记时经常出现的声音，又从遥远的地方传来：你小子，别给我丢脸。

刺耳的电话铃声不合时宜地传来。洪木木小心收好照片，才拿出手机接听。电话是小法医打来的。洪木木面无表情地听了好一会儿，才又面无表情地挂了电话，对早在一边等得不耐烦地李颖丽说：“法医说，孟启达的生物样本因非专业提取，无比对价值，不予采用。”

“我说嘛，这么做不靠谱。”

“不过，他还说，他闲得没事，把遗骸的DNA与数据库里的进行了比对，居然发现重合。师姑，你们到底瞒着我啥呢？”

“啊！这是你老爹显灵了。”李颖丽瞬间从悲伤中恢复过来，满血复活，拉着洪木木就往外跑。

III

老周特意选了这家餐厅，因为40年前，回城的兵团战友在这吃的散伙饭。然后，作为东城的邻居，和平和他特意跑到天安门广场照了张合影。那时候真年轻啊，意气风发，什么都敢说，什么都敢干。如今，再去想那些豪言壮语，老周有些记不起来了，可不管是什么，他都有些不好意思想了。毕竟，那些都属于那个曾经风华正茂的小伙子，跟眼前这个糟老头没太多关系。至于和平，他应该没什么遗憾的了，当年最现实的理想就是他说出来的。没错，那么多人，只有他一个人说，他要挣钱，挣大钱，过那种买两碗豆浆，喝一碗、倒一碗的日子。这些年，除了孩子的事，他是没有什么遗憾了。可仅此一件，他的人生就黑了一半。而这，老周脱不了干系。几十年了，他都欠和平一个说法。如今，既然人家回来了，他就该把这几十年的事跟他念叨清楚。

天气已经不热了，和平仍摇着他那把折扇，四处打量着走进餐厅，大老远就抱怨起来：

“这儿破地方，几十年了，还这么嘚瑟，也不知道换个亮点儿的灯泡。”

“哎，你小点儿声，人家这叫情调。”

“情调个屁，老子回国了就想痛快点儿，可不想在这受这个洋罪。哎，走走走，我请你吃卤煮。”说着，拉了老周就走。老周没想到和平来真的，赶紧站起身阻拦。穿着燕尾服，一只手背在后边的服务员也赶过来彬彬有礼地询问，有什么需要帮忙的。和平忽然情绪完全失控，大叫着：“你大爷的，需要帮忙就是你放我走。”老周无奈，只能扔下200块钱，随着和平冲出餐厅。

夜风吹来，和平胸脯的起伏才渐渐平缓下来。老周真在旁边的小吃摊，买了两碗卤煮端了过来。和平见状，咧嘴笑了：“要的就是这口儿。”

“想吃什么你说啊，干吗啊刚才，至于吗？”

“我，我就是在国外见惯了这种黑灯瞎火的馆子，看着恶心。你也是，挑哪儿不好，非选这儿。”

“我不是想着您是国际友人，必须找个有意义的又高档点儿的，才对得起您这身家吗？”老周眯缝着眼睛，说得悠悠然的。暗影里，和平的脸色隐隐有些不自然。

“少给我戴高帽子。我的钱，一笔一笔都是合法挣来的，不怕你查。”

“我又不是工商税务的，我查你干吗啊！”

“那你派李颖丽跟着我，不是要查我，是做什么？”

“嘿，你小人之心是吧。你好多年没回来了，我让颖丽好好陪你玩玩……谁知道，你又弄出来个隐婚……真是……”

“我也不想啊，我跟东东妈其实早就名存实亡了，这不好歹也得给人家个名分吗？”

“那是应该。你跟这个李碧吉什么时候认识的？”

“这，我得想想了，你怎么忽然问这个？”

“嗨，想起来了，瞎问。忘了就算了。快吃，别凉了。”

二人开始闷头吃东西，呼噜带响的咀嚼声掩盖了之前的尴尬。一碗热卤煮下肚，和平看着不远处，饭店老招牌的霓虹灯，问老周怎么想起来请自己到这儿吃饭。老周一脸真诚地告诉他，因为当年大家在这儿散伙，各奔东西，真正开始各自的人生，意义非凡。和平点点头，不再说什么，脸色又恢复了之前的自然。老周有点儿后悔，还不如在一哥面馆的包间呢。坐这马路牙子上，车来车往的，说什么都得嚷。而他今天想跟和平说的事，可不是一句两句能说得清的。不知是这环境闹的，还是另有原因，老周只觉得心里乱得发慌，心脏还莫名地异动几下，提醒着自己的存在。

多亏洪木木推荐的APP，老周顺利找到附近的茶馆。幽静、温馨，关键是透着一股禅意，谈事、叙旧都再合适不过了。和平自然也很满意，连连夸赞着，点了店里最好的普洱。

老周虽有些肝儿疼，但请客的能让客人高兴，本就是件幸事。这应该就是这家茶馆首先告诉茶客的禅意。两人推杯换盏地喝了好几盅茶，几乎同时发现，彼此并不知道对方到底要表达什么。

“老周，你找我有事说？”和平快人快语，先沉不住气了。

“和平啊，你好不容易回来，其实……我应该……唉……”老周仍是吞吞吐吐。

“你不就想说，东东那个事吗？这么多年了，咱不提了行吗？”和平终于捅破了那层窗户纸。

“和平，好兄弟。这件事，几十年了，我没忘，也忘不了。今天，我就想跟你把这几十年的事好好叨唠叨唠。”

说着，老周就把几十年来，自己怎么对嫌疑人刘光明的行踪穷追不舍，如何将当年的所有关系人的关联人、关联事重新梳理摸排，又如何守株待兔，反替刘光明做了孝子贤孙，后来，初心不改，紧盯着凶宅，直到他买了院子，破土动工，挖出了尸骸……详详细细地说了一遍，最后有些情绪激动地问和平：“你知道，我为什么盯着那个院子不放吗？”

和平看着他忽然闪烁的眼神，正在倒水的手抖了一下，反问道：“为什么？”

老周并没有马上回答，而是先找了纸巾，把和平洒的水擦得干干净净，才慢悠悠地掏出一个袋子，伸进一只手，左右摸了半天，终于掏出一个火柴盒大小的玩具。

“奇奇存钱罐！”和平一把抓过玩具，失声叫道。

“你认出来了？”

“当然，这是东东生日，我们全家在刚开张的前门肯德基吃饭，送的儿童餐礼物。东东一直宝贝得不得了，还嚷嚷着要帮我存钱，给我买房子。”和平的眼圈红了，哽咽着说不下去了。

“原来真是东东的？”

老周等和平稍稍平复了情绪，才将这个玩具的由来讲故事似的说给和平听。

这个带着明显年代印记的玩具是刘光明妈妈临死前给老周的。原来，刘光明携款潜逃被通缉后，刘光明妈妈想不通自己老实巴交的儿子怎么能干出这么伤天害理的事。可她寡居多年，又不善交际，陪着她的只有一条大黄狗。她就成天跟大黄狗念叨，盼着儿子回来说明白一切。忽然有一天，大黄狗叼回来一个布袋子。刘光明妈妈认识那个袋子，那是刘光明青梅竹马的老婆给他绣的。老婆难产去世后，他一直带在身上。刘光明妈妈认定儿子回来了，让大黄狗带她去找人。大黄狗就把她带到了那个大门紧闭的影壁胡同三号院。刘光明妈妈以为大黄狗熟悉刘光明的气味，找来找去，找到了他绑架孩子的证据，所以就把玩具和袋子都藏了起来，更是跟谁也没提这件事。就这么过了十几年，临终前，老太太终于把东西拿出来，说出自己的想法。这个秘密，她琢磨了十几年，越想越觉得这事儿蹊跷。且不说，那个袋子刘光明从不离身，就说这么多年，孝顺的儿子不可能不回来看她。一开始，她怀疑儿子遭遇了不测，大黄狗刨出东西的地方，没准就是坏人埋尸的地方。可哪个母亲愿意自己孩子出事呢？公安局抓不到刘光明，她就宁愿相信刘光明仍活在世上，哪怕他是个逃犯。就这么纠结着，老太太即将油尽灯枯。不知是不是老人临死前参悟了什么，总之，她没有把秘密带进坟墓，反而请求老周帮他找到儿子，活要见人，死要见尸。

老周拿着这个再次佐证了刘光明犯罪事实的玩具本不以为然，即使没有老太太的临终嘱托，为自己十几年的追踪，他也会把案子进行到底。再后来，那伙专门绑架孩子的歹徒在河北落网。老周专门去参加了审讯。那些人知道他们作恶多端，必死无疑，对所犯罪行，并不隐瞒。根据他们的交代，那年冬天，他们的确谈过绑架东东的活儿。不过，委托人条件苛刻，双方没谈拢。他们只知道委托人是个年轻女人。由此可以断定，刘光明还有同伙。他们假借绑架集团的名义，声东击西，转移警察视线，刘光明再趁机回来取被他调包的真赎金，释放孩子。可他们没想到，留下观察的洪涛会从天而降。刘光明仓皇逃跑，根本没顾上拿那笔被他藏起来的赎金。所以，才有了后边大黄狗忠诚寻主、找到证物的一段奇谈。

“一个人藏的东西，100个人都找不着。能做的，我都做了。剩下的，就是等着。”老周呷了一口茶，说得很淡然。

和平等了一会儿，不见老周继续刚才的话，有些急，又有点躁，支吾着问：“后来呢？”

“后来，你不就买了宅子，然后装修，然后挖出来个人……”老周好像没的说了，开始闷头喝茶。

“不是，那，那人到底是谁？”

“你不说是孟启达他爹？”

“那不是我说的，是李碧吉说的。”

和平很自然地解释了李碧吉帮着孟启达找老爹遗骨的缘由。其实，说到底，还是为了钱，找着了，对方的100万尾款就不要了。无名遗骸一挖出来，李碧吉的心眼儿就活泛了……

“这女人，够精明的啊！难怪你……”

“既然话都说到这份儿上了，又过去这么多年，我实话跟你说了吧，我绝对没有对不起那个女的。是她，嗨，我就告你吧，东东他不是我亲生的。我在东北农场干活时，砸坏了男根。这辈子不可能有后，就偷偷抱了个男孩，想着从小养大，将来让他给我们养老送终。结果，你说……”

老周刚刚端起的杯子，清脆地落在盘中……一个声音从心底冒出——这就都说得通了。

IV

看着白纸黑字的鉴定书，李颖丽又哭又笑。洪木木拉着小法医，惊呼不可能。小法医保持一如既往的学术精神，详细介绍了自己的操作过程和相关流程后，再次用肯定的语气，重复了自己的结论——经对检材仅有的4个基因座进行DNA分型检测，影壁胡同三号院挖出的遗骸，与数据库中被通缉多年的绑架杀害儿童的通缉犯刘光明的数据指标具有99.9%的同一性。

“我说小同志，你能说人话吗？”李颖丽着实受不了这种纯学术化表达方式，“你就说，那具尸骨是刘光明的，不就完了？”

“我们法医只提供科学依据，推理和判断是你们的事。我能说的只是学术和数据的结果，别的我无权干涉。”

“那这个到底作数不作数啊？”

小法医的话提醒了洪木木。按目前通用的鉴定标准，至少确定6个基因座数据统一才能作为定罪标准。可遗骸中只分型提取出4个基因座，而且，数据库中刘光明的DNA数据，是当时尚未建立DNA数据库时，洪涛私自提供给同学做实验的非正式渠道检材标本，一直被标注着特殊标签。即使李颖丽按照洪涛当时留下的电话号码，找到那个现在已成为专家的同学，也因缺少正规手续，而在法律上缺乏定性力度。

“师姑，您就别难为他了。我跟您说吧，这至少说明，师父不用再等着抓刘光明了。”

“那我们这些天的功夫，岂不是白费了？”

李颖丽这才将骸骨挖出来后，老周的想法和安排原原本本都告诉了洪木木。原来，老周表面上不接受刘光明母亲的推测，潜意识里也觉得很多事需要解释。三号院大门被新买家打开的时候，他见到了那个女人李碧吉。老刑警的直觉让他立即认定，自己等的人终于来了。可没等他平复好内心的小激动，遗骸被挖出来了，真房主竟是受害者和平。接着又是间谍，又是特务，一顿裹乱。在老周也有些迷茫的时候，李碧吉又跳出来，主动提出为原房主孟启达找爸爸，不仅如此，还有备而来地拿出了孟启达的检材标本。目的只有一个，把警察的视线往那个被日本人侵略者致死，又被国民党贪官复活，最后帮着共产党掩护身份的死了几十年的李鑫喆身上。至此，老周的思路逐渐清晰，安排李颖丽故意接触这两个忽然归来的人。不想，洪木木生猛闯入，二人的夫妻关系被揭露。原本明确的意图也被孟启达的几封邮件解释得天衣无缝。情急之下，李颖丽想起洪涛留下的人名和电话，竟真的找到了刘光明的生物标本数据。等待鉴定结果的日子，错过一次的老周一直纠结自己推测的可靠性，以及和平、李碧吉与刘光明的真正关系。令他百思不得其解的只有一个，虎毒不食子，即使遗骸真是刘光明，他也坚信和平与整件事情没有必然的关系，答案应该在那个神秘女人的身上。所以，他才故意请和平吃饭，一探虚实。

洪木木没想到自己绞尽脑汁，网上网下兜兜转转一大圈获得的线索，老周凭借经验和人脉，早就了如指掌。一阵强烈的挫败感之后，他决定抛出最后一张王牌。

“好，你们看不上我，我不计较。事到如今，您二位前辈打算如何呢？”

“能怎么办？看师父跟和平怎么摆龙门阵了。”

“你觉得隐藏了这么多年的秘密可能这么轻易就解开吗？手里没有真凭实据，他就敢往前冲，真是老当益壮了。”

“师父也是没有办法了吧。”

“那我要说我有办法，你们会不会看不上？”

“你个小毛头，能有什么办法？”

“李碧吉，女，48岁。20年前在韩国接受整容手术，因手术效果奇好，被作为经典病案，成为医院几十年来一直沿用的宣传点。经查，其当年手术时登记的姓名为王晓红。”

“王晓红？和平饭馆的收银？我当年查过她。怪不得，她看我的眼神……可这么大事，她当年一个小丫头……”

“不可能，她的所作所为都看和平的眼色。”

“可和平是孩子的父亲，虎毒不食子……”

“心理学书上说得对，你们这是典型的亲情盲点，熟人逻辑限制了你们的思维。”

“行了，行了，不听你这胡说八道了。师父一个人，我担心和平会铤而走险。我得……”

“您手里什么真凭实据都没有，人家凭什么铤而走险啊！”

“那咱们怎么办？”

洪木木举举手里的鉴定报告。

“你不是说这东西不管用吗？”

“在法庭上没用。但对一个正在等消息的女人来说，就不好说了。”

后边的事就变得简单了。二人忽然出现在李碧吉面前。李颖丽往沙发里一坐，不怒自威。洪木木故弄玄虚地把报告往桌上一拍，只说了一句话："DNA检测报告出来了。不是孟启达，是另一个咱们都认识的人。怎么回事？王晓红女士，说说吧。"李碧吉腿一软，跪在地上……

半个小时后，李颖丽、洪木木带着鉴定报告来到老周、和平所在的茶馆。身后，两名警察押着失去往日风采的李碧吉。

茶室里，和平仍在费力织补着已经破绽百出的谎言。老周认真听着，没有一句反驳。他表面平静如水，心脏却狂跳着，几乎窒息。直觉告诉他，等待了将近30年的答案就在眼前了。他却忽然没了冲过去揭开一切的勇气。他宁愿和平的谎言和表演一直继续下去。也许，等到天亮了，太阳升起的时候，他就会恢复如常，把自己在梦里、在想象中重复过无数次的戴手铐的动作帅气地做出来。可此时，手铐就在裤兜里，又沉又凉，他拿不出来。究其原因，除了力量和勇气，他差的是证据。尽管一晚上的阴错阳差、鬼使神差中，和平一次次露出马脚，老周也不再逃避心底那个最残酷的猜想，但是证据呢？几十年变迁，仅仅凭借那具被硫酸毁过的尸骸，没有其他证据形成证据链，根本无法对其定罪。无尽的挫败感化成山一样的疲惫，老周忽然觉得自己累了，累极了，累得眼睛都快睁不开了。就在他无奈地准备接受自己将倒在黎明前的黑暗里的时候，李颖丽和洪木木闯进了茶室。他笑着看向还在说着什么的和平，可奇怪的是，他看到的竟是30年前，哭着跪在地上求他挽救自己儿子的那个父亲……

VI

案件真相大白。老周体力不支，心脏病发住进医院。洪木木以案件参与者的身份，向各级领导汇报了案件的详细情况。

30年前，事业有成的和平在与情人苟且过程中，偶然发现自己插队时的事故造成了自己的不育之疾，遂对自己儿子东东的血缘产生疑问，并怀疑妻子在婚前就给自己戴了绿帽子。可当时他的事业刚刚起步，资金、人脉都离不开妻子娘家的扶持。为报复妻子，又能独吞财产，和平想出绑架儿子的主意。他先通过关系，联络了专做绑架勾当的团伙。负责谈判的情妇王晓红带回来的价码太高，他觉得太不划算，就改变计划，用绑匪接触过的定金信封，自导自演了一出绑架大戏。他本意并没想杀害东东，只让刘光明在自己假装交易离开家之后，神不知鬼不觉地将一直用药物控制的东东放回房间。哪知刘光明见财起意，偷藏赎金，耽误了转移孩子的时间，造成东东被每天都会倒灌淹没防空洞的污水淹死的惨剧。在警方寻觅绑架团伙踪迹，抓捕刘光明的时候，和平一直在自己的小院里，静等刘光明的出现。多年共事，他深谙刘光明的秉性，相信他一定会回来取那些没拿走的钱财。果然，没过多久，刘光明偷偷回家看望老母后去了一个地方。

刘光明历来心思缜密，相信最危险的地方才是最安全的，就把钱藏在了影壁胡同三号院里。那天洪涛看到的是他正在伪装的抢钱现场。凶宅之内，两个心怀不轨的人见面自然没了往日的客气。刘光明承担了一切罪恶，却掌握着和平所有的犯罪证据，扬言不放他拿钱走人，就去告发。和平情急之下，一个锁脖术要了刘光明的命。为了隐匿罪行，他先用硫酸破坏了土壤和尸体，才挖了个坑，深埋了一切罪恶。只是仓皇间遗落了大刘一直带在身上的证据——奇奇存钱罐，才有了后边大黄狗的发现。

拿到巨款，和平便以离开伤心地为名，远离了那个给他戴绿帽子的老婆，带着情妇王晓红远涉重洋，开始了自己新的生活。几十年来，他一直心魔难解。尤其是近些年，浑身是血的刘光明经常出现在他梦里。他便动了彻底解决后患的心思，想买回宅院，偷偷将刘光明正式埋葬，以解心结。经过简单筹划和观察，他便派多年前已经回国发展的王晓红开始行动。他周密地考虑过很多细节，唯一没想到的是老周几十年如一日，没有一刻离开这个案子。后来，还守在那个院子门口，等待着元凶。而这一切只为完成多年前在东东灵前抓获凶手的承诺。如此，他编织的所有谎言，在老周看来，便都显得苍白无力，漏洞百出。

无名尸骸身份查实，又破了多年悬案，局里要通令嘉奖老周。老周明确拒绝，只请求相关部门一定弄明白化名李鑫喆、代号“高老师”的中共特工的最后下落，以解刘萍70年的心结。不管怎样，他不希望，更不相信，刘萍等了一辈子的人是个间谍。

可历史哪那么容易说得清呢？国安部门通过各种渠道，终于找到了李鑫喆最后的下落。“万能电台”案被破获后，李鑫喆随逃跑特务来到台湾，继续潜伏。1950年，掌握大量潜伏台湾的中共地下党名单的台湾地下党负责人因叛徒出卖被捕，后叛变，导致1800多人被捕，3000多人被枪毙，8000多人被判十年以上的重刑，开启了台湾历史上的白色恐怖时期。李鑫喆的名字，最后一次出现在被枪毙人员名单里。几十年后，这个名字再次出现，并传递出清晰的指令。按照国安工作原则，不排除李鑫喆为了苟且偷生，背叛红色信仰，并最终沦落为海外间谍的可能。同时建议对与之接头的人员进行严格甄别。

“不可能，绝对不可能。”听到这个最终结果，老周愤怒地从病床上跳起。他不相信李鑫喆会叛变，更不允许有人污蔑为公安事业奋斗了一辈子的刘萍。

“师父，您别着急，人家国安的说了，那个时期的历史复杂，还要继续调查，不是最后结论。”李颖丽看着老周起急，只能编了个活话儿。

“少蒙我。继续调查，这么说就是挂起来不管的意思。他们那帮人我还不知道？可刘萍已经90岁了，她还有几年啊，奉献了一辈子，临了倒说不清楚了，这……”

洪木木就在这时候冲进房门。虽然，他第一次看到师父的不知所措，有点小确幸，但他发现的新大陆，实在是令人震惊得能压倒一切。原来，洪木木对这段死无对证的历史谜团心有不甘，就开始用各种词条，依靠互联网寻找可能信息。一夜功夫，他筛了十几万条相关信息，终于发现一篇名为《爷爷的世纪之约》的博客上，发现了一张纸三角的照片。作者还特意为打开的纸三角拍了特写照片。照片上是一行端正的蝇头小楷——国庆节前日，太庙门口松。9月26日，李鑫喆。

“故事里的老人叫周广儒，1925年生人，原籍北京，1999年故于美国洛杉矶。”洪木木兴奋得手舞足蹈，却发现老周和李颖丽依然无动于衷。

“你们，你们怎么一点儿都不兴奋啊！”

“这种巧合，只能是海外间谍机构为了佐证他们的骗局，故意放出的迷雾弹。”优秀老刑警的素质令老周本能地抵触这种忽然冒出来的有利线索和好消息。几十年来，习惯凡事往坏了想的他，嘴上说着不可能，心里却在做着默默接受一切的准备。

“你们，你们真是僵化。这网上的，唉。网上是有很多不能信的东西。所以，我们才要去调查，甄别啊？”

洪木木知道老周这辈人几乎是谈网色变，跟他讲道理讲不通，只能直抒胸臆，告诉他，自己已经把这个情况向专案组做了汇报，还给博主发了邮件。用不了晚上，或者明天，一切就能见分晓。老周本就说不出什么实质的理由，见他这么说，正好就势后退，不再表态，静等结果。洪木木在师父这里得不到共鸣，只能去刘萍的病房，分享自己的喜悦。

这两天，刘萍出奇得平静，除了按时吃饭睡觉，就是抱着日历发呆。洪木木的到来，并未引起她的任何反应。她仍抱着日历，用指甲盖在上边的数字上，费力地划着印记。

“奶奶，您干什么呢？我看看。”

洪木木轻声轻语的请求似乎惊着了老太太，她下意识地用双手盖住日历，脸上飞过一片殷红。其实，洪木木眼尖，早就看到那个被她画上印记的日子——9月26日。那是昨天的日子。洪木木刚想问这个日期的特别，刘萍忽然主动开口了：“快了，就快了。”刘萍说着，眼睛里透出希望的光泽。

经过前几次的病情反复，洪木木基本能断定，老太太呈现出这种表情的时候，记忆多半停滞在年轻时，或是思绪与李鑫喆产生交集。只是，这个日期明明已经过了，为什么老太太非说快了呢？难道老人真的糊涂了？洪木木百思不得其解，忽然，手机上出现一个陌生而奇怪的号码。

尾 声

事情从那个电话开始产生变化，接着以排山倒海之势，发生了360度大逆转。李鑫喆，不是叛徒，更不是间谍，而是默默为国安事业奋斗终生的无名英雄。

执着、大胆的洪木木终于做了一件比他父亲强的事情。

原来，那个奇怪的电话来自美国，一个同样阳光热情的华裔男孩。他就是那篇博文的作者，也是故事主人公周广儒的孙子周艾伦。故事是他爷爷弥留之际，亲自讲给他的。没有那么多历史背景，也没有什么政治色彩。爷爷只告诉他：在中国大陆，有一个女孩在等着他回去赴约。50年前，他们约定，每年国庆节，都会在太庙门前第三棵柏树的树洞里放一个纸三角。他们没有说过对彼此的情义，更没有约定那个纸三角上写什么，只想用一个纸三角向对方传达自己一切安好。他一直想去放一个纸三角，更想去亲自取一个纸三角。他相信，那么爱写字的姑娘，肯定会在纸三角上写点儿什么的。可惜，命运没有给他这样的机会。年幼的少年，随口答应爷爷帮他完成心愿。

爷爷安然离世。多年后，家里搬家，周艾伦在车库里发现了存放爷爷所有遗物的小盒子。里边只有两个纸三角，一个写着那句诗，另一个空无一字。他才想起小时候爷爷给他讲的这件事，抱着替爷爷完成心愿的想法，他按照爷爷小本子上唯一一个中国地址，把写着字的纸三角寄了过去。可一切如石沉大海。为了纪念爷爷，他才写了那篇文章，发在博客上。上周，他还利用出差到北京的机会，把那个没有字的纸三角，按照爷爷说的放在了太庙门前第三棵柏树的树洞里。

正在洪木木犹豫着要不要将这个听着更不靠谱的事告诉老周的时候，国安部门将二人叫到了一个秘密之所。接着，他们被告知曾化名李鑫喆、代号高老师的同志，本名周广儒，生于1925年9月26日，是忠诚的共产主义战士，一直坚守在秘密战线，直到生命的最后一刻，享年74岁。期间经过曲折，他们无须过问，更无权过问，只代表组织向公安老前辈刘萍同志问好，还叮嘱洪木木无权继续向周艾伦传递后续信息。

回单位的路上，二人都没有说话。洪木木第一次没有感觉到从老周身上发出的压迫感；第一次不用绞尽脑汁，找话题跟师父说话；第一次就那么轻松地跟师傅并肩走着，像一对彼此熟悉的搭档，也像一脉相承的父子。

临进门，老周仍是什么也没说，只在洪木木背上拍了几拍。洪木木能领会这男人间才有的动作的深意，也不说话，抬手做辑算是回答。老周由衷地骂了一句："臭小子。"

所谓间谍风波就这样结束了。洪木木带着满腔的激动和无以言表的情绪给周艾伦发了最后一封邮件，请求他提供一张周广儒的照片。周艾伦很快就传来一张照片。照片里的老人清癯、儒雅，满头白发，亲切而似曾相识。洪木木特意去图片社洗印了照片，才回到医院。

病房里热闹非凡。政治部的人正在宣布，刘萍被邀请到天安门城楼参加观礼活动的喜讯。老太太有些不以为然似的，保持着礼仪性的微笑。老周正电话遥控居委会的同志，落实相关安保工作。李颖丽急着去广场上勤，逼着老周挂了电话，答应她监督高血压的饶志国吃药，才慌慌张张跑出门。洪木木进来，大家都没太在意，只有刘萍眼前一亮，好像知道什么似的，满怀期待地看着洪木木。洪木木见状，哪还忍心耽搁，赶紧将照片递到她的手里。

奇怪的是，刘萍只看了一眼，就笑着说："高老师啊，明天咱俩一块上天安门城楼。"

老太太洪钟一样的声音瞬间化解了洪木木心中郁结多日的，无以名状的情绪和伤感。原来，人长大了，就没那么多"后来"了。你只要按照最开始想的，一直走下去，就会得到最好的现在。洪木木瞬间释然了，为父亲洪涛，为师父老周，也为前辈刘萍，更为新生代的自己。

窗外，一阵清风吹过。洪木木像第一次感受到北京的秋意似的，下意识舒展着身体。原来，儿时的故事不是传说，更不是欺骗，自己不仅找到了答案，更确信了似梦非梦里，洪涛低沉、真切地描述，真实、确凿——那是个有魔力的城堡，那是个集聚着神奇力量的建筑，那是个能实现梦想的地方。而明天，他终于可以名正言顺地走上长安街，走到天安门广场，在离天安门城楼最近的地方骄傲地说一句——我是共和国警察！

洪木木下意识摸摸衣袋里刚刚扫描放大的父亲的照片，默默地说："老爸，咱们爷俩一起保卫天安门。"

似是冥冥中的回答，老周的手机适时响起，熟悉的歌声瞬间传遍整个房间，传到每个人的心里——

我爱北京天安门，天安门上太阳升……

2019年3月二稿于北京